El color de las aguas

MINISTERIO
DE CULTURA

Esta obra ha sido publicada con una subvención de la Dirección General del Libro, Archivos y Bibliotecas del Ministerio de Cultura, para su préstamo público en Bibliotecas Públicas, de acuerdo con lo previsto en el artículo 37.2 de la Ley de Propiedad Intelectual.

Diseño de portada: Editorial Sirio

© de la edición original
Enrique Barrios

www.ebarrios.com

© de la presente edición

EDITORIAL SIRIO, S.A.	EDITORIAL SIRIO	ED. SIRIO ARGENTINA
C/ Panaderos, 14	Nirvana Libros S.A. de C.V.	C/ Paracas 59
29005-Málaga	Camino a Minas, 501	1275- Capital Federal
España	Bodega nº 8 , Col. Arvide	Buenos Aires
	Del.: Alvaro Obregón	(Argentina)
	México D.F., 01280	

www.editorialsirio.com
E-Mail: sirio@editorialsirio.com

I.S.B.N.: 978-84-7808-601-6
Depósito Legal: NA-1443 -2009

Impreso en Rodesa

Printed in Spain

Enrique Barrios

El color de las
aguas

editorial  irio, s.a.

Capítulo 1

La leyenda

«No puede ser; esto no es real», me dije al contemplar desde el avión por vez primera los reverberantes matices verde turquesa de aquella laguna tropical situada dentro del cráter del volcán Manoa, en la isla Sands. Esos tonos imposibles parecían urdidos por la desbordada inventiva de algún delirante pintor fauvista, y no por la madre Naturaleza. Poco después, pasmado ante sus orillas, consideré que una foto del lugar resultaría ominosa, desleal, porque el fulminante hechizo de aquella explosión de dislocados tintes sólo podía ser catado por una estremecida retina frente a frente, en vivo y en directo. Sentí haber llegado a una suerte de paraíso íntimo, de alguna forma soñado o presagiado, y el tiempo me demostró más tarde que mi presentimiento había sido acertado, muy acertado. El buenazo del jefe Musco, mi respetado amigo de la tribu de los pahos, a fuerza de charlas reiteradas a partir de mi primera visita a la reserva pudo ir echando agudos vistazos a mi alma. Al parecer, no desaprobó tan intangible materia, y él y su tribu decidieron finalmente entregarme su amistad, afecto y confianza, privilegio raramente obtenido por un blanco.

Una noche se atrevió a relatarme la secreta leyenda ancestral. Ésta intenta desvelar el origen de las inauditas gamas cromáticas de la laguna.

Después de la cena en su casa, no lejos del volcán, en una barraca posterior e íntima —cuatro pilares y un tejado de paja—, junto a unos leños aún encendidos que pintaban de movedizas luces naranja su noble rostro, enmarcado entre sus negros y largos cabellos, me pidió no revelarla jamás, a lo que accedí, naturalmente.

Dijo que esos prodigiosos tonos turquesa reflejan el brillo y el color de los fascinantes ojos de una hermosa princesa, una divinidad, habitante de un sumergido palacio al fondo del volcán, atrapada allí víctima de un maleficio milenario, anterior no sólo a la llegada del hombre blanco, sino también a la venida de los pahos a aquellas islas. Afirmó que ellas son el remanente pétreo y vegetal de una esplendorosa y desaparecida civilización anterior, perdida en las épocas iniciales, testigo de constelaciones insondables. La leyenda cuenta que el día que aparezca en las orillas de la laguna el hombre señalado, el ungido por atemporales oráculos, aquella será liberada, se volverá humana y lo hará feliz para siempre gracias a su amor incondicional, sabiduría sin límites y sublime belleza, y entonces esas aguas perderán su mágico color.

Catú, el abuelo de Musco, en su juventud tuvo el portentoso privilegio de contemplarla personalmente, igual que muchos a lo largo de generaciones inmemoriales. Según la fascinante historia, cada centuria uno o dos mortales han tenido la dicha de disfrutar fugazmente de su estremecedora belleza, e incluso han podido conversar con ella; pero ninguno ha resultado ser el elegido, por eso ninguno la volvió a ver. Para todos aquellos hombres, más desdichados que afortunados, el mágico encuentro resultó fatal, porque el vernáculo maleficio decretó castigar a los profanadores de la belleza de la dama de las aguas con una herida de amor en el alma por el resto de sus días.

—No puede un mortal tener el privilegio de contemplar los encantos de la diosa sin pagar el precio de morir un poco —manifestó Musco, mirando reverente hacia la cima del volcán.

Siempre me han gustado mucho las leyendas, las historias míticas o poéticas, y esta era una de ellas, y muy hermosa además; pero como científico que soy, tengo el hábito de no trasladarlas a la dimensión de lo concreto, o lo tenía en aquel tiempo.

Catú me juró más adelante haber tenido a la diosa frente a sus deslumbrados ojos cuando era un joven lleno de vida, y que incluso llegó a tomar su sedosa mano. Yo, respetuoso, simplemente escuchaba, considerando en mi interior otras explicaciones, aunque jamás calificando de inventado el hecho, porque los pahos son personas de honor, y por ello jamás mienten.

Extraordinario pueblo, gente de verdad, digna e íntegra; pero su psiquismo es muy diferente del nuestro. Ellos conviven con los espíritus de sus arcaicos antepasados, con augurios, señales y vetustos sortilegios. Y yo ignoro qué misteriosos desplazamientos de consciencia les producirán sus inextricables brebajes y pócimas rituales.

El hecho es que, debido a esa cautivante laguna, sea cual sea el origen de sus embrujantes tonalidades, aparte del generoso sol y de aquella famosa arena que tapiza de cálida y dorada suavidad toda la playa alrededor de Sands, y que le dio el nombre a la isla, elegí a esta última como mi refugio de vacaciones definitivo varios años atrás, quedándome en alguno de los muchos pueblos que la rodean, siempre en uno distinto en cada ocasión.

Prefiero tomar mis días libres en invierno —en el invierno del continente, quiero decir, ya que en la isla siempre es primavera o verano— porque fuera de la temporada alta hay mucha menos gente, puedes conseguir una cabaña a tu gusto, pasear sin tropezarte con nadie, no hacer cola en ninguna parte y todo es significativamente más económico. No me gusta reservar a ciegas, tampoco volver a la misma vivienda del año anterior. Además, uno de mis placeres preliminares es la búsqueda de la casa adecuada, aunque me cueste pernoctar dos o tres días en un hotel.

Cuando llegué ese año me fui directo a la oficina de propiedades de Jeff. Andaba fuera de la isla, pero su socio parecía haberme estado esperando. Antes de saludarme, dijo casi gritando al verme aparecer:

—¡Por fin asomas la nariz! ¡Jeff te consiguió un sueño de cabaña! No se la quisimos mostrar a nadie porque sabemos que el destino la tiene reservada para ti.

«Y porque casi nadie alquila en invierno, claro»... pensé, porque conocía el estilo de negociar de Jeff y de su oficina inmobiliaria: decir la verdad no era la especialidad de la casa. Sin embargo, me encantó la cabaña de madera rodeada de impenetrable vegetación por los cuatro costados. Estaba situada en las afueras de un pequeño y casi escondido pequeño pueblo de pescadores próximo a la playa, lejos de los grandes centros vacacionales de la isla, frecuentados por personajes de la *jet set* y de la farándula internacional, con la consecuente corte de reporteros, curiosos y fans; es decir, una plaga devastadora del encanto y la paz de la isla. Sólo una cosa la supera en su capacidad para hacerte desear estar lejos de allí: una amenazadora pandilla de jóvenes especímenes en moto, llenos de colgajos metálicos incrustados por todo el cuerpo, decorados de tatuajes y rellenos de droga y alcohol. No me refiero a los barbados cincuentones de las Harley

Davidson, que a veces resultan hasta bonachones; estos eran jóvenes, y con modernas motos del tipo enduro. A ellos se les atribuía la desaparición del jefe anterior de la tribu de los pahos, el padre de Musco e hijo de Catú, pero esto no se pudo comprobar jamás, igual que muchas otras barrabasadas que sucedían en la isla de cuando en cuando. Sin pruebas no hay culpable, aunque todos sabían quiénes lo eran.

Jeff ya iba conociendo bien mis gustos, y por eso afinaba cada vez más la puntería con respecto a la casa adecuada para mí, que debe estar lo más próxima posible al mar y lo más lejos de cualquier pueblo o ciudad. Él dice que yo estoy loco, que en el centro de la ciudad es donde sucede todo, y me considera un chiflado. Tal vez lo sea. A pesar de que trabajo en aulas universitarias enseñando intrincados y a veces esquizoides postulados de la física teórica, mi alma está más cerca de los pahos y los pescadores que de Hollywood, Einstein o Max Planck. Debido a ello, como exorcismo indispensable para liberar mi mente de la asfixiante ósmosis de teorías, aulas y exámenes, cada invierno lo dejo todo atrás y me voy a la isla. Apenas diviso el volcán desde el avión, siento que me reconcilio con la vida, que renazco, que me sumerjo en la dimensión de lo verdadero. Allí se desmaterializa el personaje que represento en el frágil e ilusorio teatro de la mal llamada civilización y me transformo simplemente en una criatura más del paisaje, como si fuera una gaviota, una palmera o un caballito de mar.

Si estoy solo, mi rutina en la isla es siempre la misma: sana, aunque muy poco social. Como soy un hombre joven, fuerte y aficionado a la actividad física, todas las mañanas nado largo tiempo en la playa, luego corro durante media hora por la dura arena de la orilla húmeda. Un poco más tarde me entrego a un difícil arte que aún no domino bien: escalar palmeras, y después voy a almorzar a la cabaña o a algún restaurante sencillo, preferentemente del tipo nativo; sigo con una pequeña siesta y más tarde dirijo mi automóvil hacia la laguna de aguas color turquesa, mi más preciado galardón cotidiano. Asciendo por el camino que va rodeando el Manoa, el enorme volcán apagado. Al llegar al interior del cráter, dejo el coche en una explanada que el uso reiterado ha ido convirtiendo en profanador estacionamiento de vehículos, del cual también yo culpablemente usufructúo, qué diablos... Pocas veces me encuentro con otras personas por allí, pero en verano eso se llena de gente, de motos acuáticas y tablas de surf; puestos de perritos calientes y cerveza, y música estridente; en fin, un desastre que malignamente me hace desear una súbita y profiláctica erupción... Pero en invierno es mi impoluto paraíso privado. Del auto salgo directo hacia la laguna, contemplo sus matices durante un rato y luego me zambullo desde una roca que sirve como trampolín natural. La atravieso nadando por lo menos unas cuatro veces de lado a lado, buceo un poco, sin pretender llegar al fondo —se dice que no lo tiene— y después me tiendo en sus orillas a descansar, para luego retirarme, algo antes del ocaso. En cambio cuando estoy acompañado no hay ninguna rutina, simplemente me dejo llevar, discotecas, restaurantes caros, playas atestadas, espectáculos y toda esa porquería que suele ser del gusto de la «gente normal» que a veces me acompaña. Pero a mis rincones sagrados no llevo a nadie. Eso es sólo para mí.

Aquella tarde terminé especialmente cansado. Sólo estábamos el Manoa y yo. Entonces se me ocurrió una idea nueva: ¿Qué tal sería contemplar las estrellas desde el interior del cráter? Nunca lo había hecho y me pareció genial quedarme allí hasta la noche. Sentado en mi toalla sobre una roca, me quedé esperando hasta que la bóveda celeste estuviese salpicada de luceros, aprovechando que el tránsito desde el ocaso a la oscuridad total en aquellos tropicales cuadrantes se produce con insólita rapidez.

El destino quiso regalarme esa vez el firmamento más límpido que yo haya visto jamás en Sands, el que con frecuencia suele estar brumoso y tachonado de nubes. Cada luminaria que iba apareciendo semejaba un foco de luz reflejándose en la laguna, quieta como espejo en aquel irreal anochecer al abrigo del cráter.

Cuando incluso el suave lila del poniente se tiñó de oscuro azul, vi surgir la luna detrás de los bordes del volcán. Redondita y brillante, como dibujada con un compás. Pintó de plata y celeste todo el entorno de las aguas, duplicándose sobre su tranquila superficie.

Qué sencillo me parece —en momentos como ese— el secreto de la vida. Basta con olvidar pasado o futuro, basta con detener la mente y paladear con todo nuestro ser el regalo que se nos ofrece ante nuestros ojos a cada instante, sin pensar en nada, simplemente percibiendo, como un niño que abre los ojos por primera vez y ve. A ese ejercicio psicológico yo le llamo «morir al pasado y nacer al presente». Aunque siempre me falta el suficiente desapego de mis historias mentales, de mi incesante razonamiento, para disfrutar a fondo de esa sencilla pero extraordinaria y simple experiencia. Miré la hora, tenía justo el tiempo para cumplir con un compromiso pendiente. Antes de levantarme, sentí un lejano susurro de voz femenina a mis espaldas. Me volví a mirar. Alguien se acercaba por la orilla de la laguna canturreando suavemente. Me pareció bastante curioso, porque no había nadie cuando llegué, y tampoco oí el ruido de ningún automóvil, y no había otro aparte del mío, pero recordé que algunas personas, menos contaminadoras que yo, gustan de subir al Manoa caminando o en bicicleta. Se trataba de una mujer de bien formado, delgado y esbelto cuerpo, hombros altos y rectos, cabellos largos muy negros, ligeramente ondulados. Vestía con un sencillo paño de corta tela blanca anudada en su espalda. Le cubría desde el busto hasta más arriba de las rodillas, dejando a la vista tersos y blancos hombros y brazos, anunciando firmes senos. Sus largas y bien contorneadas piernas culminaban en un par de finas y ligeras sandalias con tiras de cuero entretejidas para sujetar el pie hasta más arriba de los tobillos. Caminaba con una cadencia muy especial, muy armoniosa. Su leve y pausado andar femenino me hizo pensar en una espigada modelo frente a las cámaras, pero avanzando mucho más lentamente y con un equilibrio, naturalidad y gracia que tenía algo de realeza.

Al llegar frente a mí se detuvo y, ante mi rostro, que con seguridad demostraba necesitar de algún tipo de explicación, sonrió levemente. Modulando una voz cautivadora, mientras posaba sus manos sobre su pecho en una suerte de exótico saludo, con una casi imperceptible inclinación de cabeza dijo:

—Encantada de encontrarlo, señor.

Tenía un ligero y grato acento al hablar. Un rayo de luna iluminó su perfecta sonrisa por completo, entonces pude contemplarla en toda su asombrosa belleza. Lo más espectacular de ella, lo más sobrenatural tal vez, eran sus ojos, sus grandes, almendrados y bellísimos ojos color... turquesa.

Una idea peligrosa como pantera en la noche me rondó, sí, eso mismo: que ella podría ser la princesa de la laguna, ese fabuloso ser de tipo extradimensional de la leyenda del jefe Musco; pero ya dije que yo no estaba hecho para mezclar lo fantástico con la realidad, así que preferí pensar en sus otros atractivos, porque sus ojos no eran lo único capaz de hechizar a cualquier mortal, sino todo en ella, su figura fina, alta y elegante, sus formas estupendas, y sobre todo su delicada manera de moverse, que convertía el más leve gesto suyo en la expresión de un sagrado y místico ritual.

—El gusto es mío –dije con respeto, sin dejar de mirarla, sin lograr evitar acariciarla con la vista; sin poder impedir esa naciente tendencia mía a idolatrarla, cosa que a duras penas lograba reprimir.

Le ofrecí mi toalla para que se sentase.

—No hace falta. Muchas gracias —dijo, y continuó de pie junto a mí, contemplando concentradamente el reflejo de la luna y las estrellas en las quietas aguas.

Yo no era capaz de pensar con claridad: «Qué fácil debe ser para cualquier mortal enamorarse de ella de una forma definitiva, perdida e irremediable, y para toda la vida además, como les sucedió al abuelo de Musco y a tantos otros»...

Pronto me di cuenta de que yo estaba mezclando en mi cabeza la mitología local con la realidad, y rectifiqué mis pensamientos: «Con la mujer de la leyenda, quiero decir, no con ésta, claro».

Pero esa adorable extraña era también capaz de cautivar cualquier corazón varonil de forma irreversible; aunque no el mío, por supuesto, o no tan fácilmente al menos. Me conozco, mis afectos jamás son pasajeros, por ello nunca surgen de un flechazo repentino sino de un ir conociéndose y compartiendo de una manera gradual, con mucha evaluación racional de por medio. Por algo soy un científico.

Pero cuando niño había padecido de una cierta predisposición romántica que me hacía pensar en un amor de esos al estilo almas gemelas, igual que le sucede a tanta gente soñadora. Me gustaba creer que en alguna parte existía alguien con quien me habría de encontrar indefectiblemente gracias a un convenio de almas concebido antes de esta vida, el amor perfecto y eterno. Pero al crecer fui bajando a la dura realidad y consideré que no era conveniente albergar esas fantasías en la mente, y que ante el amor, un terreno tan movedizo y peligroso, había que usar el bisturí del más frío análisis antes de contraer cualquier compromiso. Y gracias a esta forma de pensar, sólo una vez me había enamorado en la vida, tras años de luchar contra largas resistencias mías. Pero cuando me entregué fue algo total, una consciente elección para siempre, con una prohibición absoluta de pensar en cualquier otra mujer, fidelidad a muerte. Yo soy así. Eso lo recordé en aquel momento, aunque, curiosamente, no pude o no quise o no fui capaz de recordar de quién. El arrollador encanto de aquella dama había producido un vendaval en mi memoria, llevándoselo todo, y ahora sólo me quedaban neuronas para ella, el espectáculo más imponente del mundo.

Suelo ser un tipo desenvuelto, divertido y simpático ante las mujeres bellas, creo que eso se debe a que como contraje un férreo compromiso de honor alguna vez, desarrollé el músculo que da la fuerza para superar la seducción y la tentación, y por eso no temo ser hechizado con facilidad ni juego a ser seductor; muy al contrario, me gusta hacerme el torpe de entrada, sacar mi barriguita más de la cuenta y hablarles como si yo fuese un tipo medio chiflado y bonachón, algo juguetón y protector, y eso les inspira confianza y cariño, y al final me las gano más fácilmente, (shhh, secreto profesional), aunque dejo un detalle al margen: nunca he abusado de él, soy un hombre honrado y correcto de verdad, mi prestigio está de por medio, y sobre todo la valoración de mí mismo, mi sano orgullo. Con el amor, yo no juego.

Pero esa vez parecía un idiota. Estaba paralizado, incapaz de articular palabra alguna, medio arrobado.

Ella comprendió la situación. Seguro que estaba acostumbrada a provocar esas reacciones masculinas.

—Ven, vamos a mirar el mar y el cielo —me dijo, tomando mi mano, queriendo conducirme hacia las rocas más altas del cráter, desde donde se disfrutaría de una panorámica nocturna espectacular de toda la isla.

Si con sólo mirarla me había quedado medio bobo, el calor y roce de su piel me causaron estragos, me estremecieron todas las células del cuerpo, inundándolas de una energía cálida, dulce, poderosa y desconocida, aunque inmensamente grata y placentera. Y quise dejarme llevar dócilmente, pero al darme cuenta de lo que me estaba sucediendo, pisé el freno para recuperar el dominio sobre mí, y con la excusa de dejarla ir delante en el camino hacia la cúspide, retiré mi mano cortésmente y le cedí el paso con una sonrisa. Eso fue para peor, no sólo porque su figura era deliciosa mirada desde atrás (el escote posterior llegaba casi hasta el nacimiento de su espalda)..., sino porque además exhalaba un delicado y turbador perfume que me provocó el impulso de abrazarla de inmediato y besarla hasta la muerte, algo así... Pero yo sé dominar mis pasiones, como ya he dicho. «Esta dama tiene mucha suerte», pensé, «se encontró con un caballero y no con un patán cualquiera».

Cuando llegamos a lo alto se arrodilló con finura sobre una roca plana, posando luego su cuerpo sobre sus talones y dejando el torso recto. Enlazó sus manos bajo la nuca, elevó con delicadeza su bien formado pecho y comenzó a contemplar el panorama sin prestarme atención. Yo la observaba de pie a su lado.

—Siéntate junto a mí para que disfrutemos del espectáculo –dijo luego con una amable sonrisa, extendiendo su estilizada y fina mano hacia el espacio junto a ella. Me acomodé a su lado sin dejar de mirarla ni por un instante.

Mientras la desconocida dama contemplaba el paisaje y yo a ella, poco a poco fui habituándome a la situación, recuperando el mando total de mí mismo, y sólo entonces comprendí que mi comportamiento era muy absurdo, porque el paisaje desde aquel lugar debía ser fabuloso, y yo no le había echado ni siquiera un vistazo, sólo me había interesado en mirarla a ella...

Un panorama realmente espectacular se divisaba desde allí. Podían verse todos los pequeños pueblos alrededor de la gran isla iluminando la noche como un encendido collar de luciérnagas nocturnas. El brillo de la luna permitía ver la playa bañada de espuma clara hasta donde alcanzaba la vista, como si fuera un delgado hilo de plata que enlazaba cuentas brillantes.

Me sentí idiota por no haber pensado jamás en subir de noche a mirar el paisaje desde aquellas rocas. Sólo lo había hecho de día, pero esto era muy superior, muchísimo más impresionante.

Capítulo 2

Balam y Jove

El canciller pensó en lo terrible que resulta informar a alguien acerca de la muerte de un ser querido. Esto era inconmensurablemente peor, puesto que debía comunicar a su amigo, el monarca, que el reino iba a sucumbir de manera inexorable, y que el continente entero estaba en peligro de ir a parar al fondo del Mar Océano.

—Oh, amado rey y amigo de tantas jornadas, del más doloroso duelo se viste mi corazón por tener que ser este desdichado mortal quien deba revelaros la infausta y aciaga nueva. Morir mil veces quisiera antes que tener que sumir vuestro generoso corazón en la congoja.

—Hablad de una vez, mi buen canciller. Los oráculos sólo están presagiando destrucción y muerte. Los más esclarecidos videntes de la corte, los sabios Druvi, rasgan sus vestiduras. El búho negro canta cada noche frente al palacio sus mortecinos augurios. Preparada está pues mi alma para escuchar lo peor.

—Permitid que humildemente os contradiga, majestad. No puede monarca alguno, amante de su reino como vos, estar bien preparado para tener que sufrir tan oprobiosa e infausta noticia.

El rey, hombre siempre sereno, levantó del trono su casi gigantesca humanidad y tomó a su canciller con afecto por el brazo.

—Jamás os he visto tan desconsolado, fiel servidor mío. Esto sólo puede significar lo peor de lo peor. ¿Es acaso que Zotán y sus ejércitos están atacando el Templo de los Cristales? ¿Se trata de eso? ¡Hablad de una vez, os lo ruego, por favor!

El dignatario número dos en jerarquía en el reino bajó la cabeza y dijo:

—Mil veces peor, alteza. Zotán ya logró dominar el Templo. Ha entrado en él con todas sus fuerzas militares.

El atormentado rostro del canciller y su mirada perdida en el blanco mármol del suelo anunciaron claramente al rey que, según inescrutables designios del Dios Jove, se acababa de sellar la muerte de su amada patria, y no lo quiso aceptar.

—¿Pero qué estáis diciendo?... ¡Eso es imposible! Una bien armada división, diez veces superior a las fuerzas de Zotán, protege a los sabios Druvi y a los Cristales...

—Lamento informaros, excelencia, de que ningún Druvi queda con vida en el Palacio... La división ha caído bajo el mando de Zotán, adorador de Balam, el dios del mal.

—¡Pero esto no puede ser!... No, sin que medie una traición, y los Druvi son incorruptibles...

—Los sabios Druvi sí, mi señor, lo eran, pero Draco...

—¿Mi hermano, el Generalísimo de la división? ¿Qué pasa con él? ¡Hablad!

—Lo siento, alteza, pero el Generalísimo permitió la entrada de Zotán en el Templo de los Cristales sin que lucha alguna mediare. Luego, aprovechando su alta influencia sobre el pueblo y los ejércitos por ser vuestro hermano, ha puesto la división bajo las órdenes del servidor de Balam.

Desencajado de furia, el soberano tomó de los hombros al canciller, moviéndolo con fuerza.

—¡Mientes! ¡Draco... jamás podría... hacer tal cosa...! —gritó, pero mientras lo hacía, algún recuerdo le hizo soltar al canciller. Éste comprendió que su señor estaba comenzando a recapacitar y le ayudó a hacer memoria:

—Majestad, tened presente que, cuando vuestro hermano era un muchacho, se inclinaba hacia Balam, y que fue arrestado por participar en ceremonias negras. Recordad que no se enfrentó al juicio gracias a vuestra influencia protectora... Él también es un servidor de Balam, siempre lo fue, y todos lo sabíamos, todos excepto vos, que os negabais a creer...

La principal autoridad del reino cayó pesadamente sobre su trono y se puso a cavilar. El canciller rogaba a Jove que llenase de claridad la testa real. Tras unos largos instantes, el gigantesco monarca abrió sus ojos y dijo:

—Yo pensé que todos creían lo mismo que yo, que aquello había sido un período de rebeldía juvenil de mi hermano menor, algo para llamar la atención...

—No era así, mi señor. No olvidéis los consejos de los sabios Druvi cuando disteis a Draco el mando de la división. Recordad que os sugirieron poner al iluminado joven Druvi, el llamado Khan-Ur, como consejero y vigilante suyo, con potestad real sobre él, y vos hicisteis oídos sordos...

El rey hizo memoria y protestó:

—¡Pero Khan-Ur era un muchacho imberbe a la sazón! ¿Y quién ha visto a un Druvi controlando a un general de división, hermano del rey además?...

—Un general cuya alma bien conocían los magos Druvi...

Acongojado, con lóbregas dudas en el ceño, se levantó y caminó en círculo con nerviosas zancadas, recordando.

—No sé qué deciros... Puede ser, puede ser... Me resistí a dejar a Draco bajo la supervisión de un muchacho Druvi... El orgullo de la sangre...

—Perdonad mi falta de respeto, noble señor y entrañable amigo, pero... ¿quién es el rey para poner en duda el consejo de los sabios? ¿No es acaso un Druvi más esclarecido que un noble, como vos y como yo? ¿Y por qué anteponer la sangre familiar a la sangre de todo el reino y a la cósmica labor? ¿Y por qué poner a un noble, como vuestro hermano, en una posición que sólo a un miembro del Linaje Militar compete? Habéis ofendido a los linajes Druvi y Militar...

Derrumbado nuevamente en su trono, bajó la cabeza, y cerrando los ojos amargamente caviló. Recordó la evidente ambición de poder de Draco, la gran presión a la que le sometió para que le nombrase Generalísimo de la división, pero jamás creyó posible que llegase a traicionarle; sin embargo... Sí, el canciller tenía razón, su orgullo herido no gustó de la sospecha Druvi sobre su sangre, sobre la capacidad del Generalísimo para custodiar el punto más estratégico del reino, el depósito de las mayores energías cósmicas: el Templo de los Cristales. Prefirió pensar que aquello era una maniobra Druvi para controlar el poder, y de pronto se vio con claridad.

—¡Necio! —gritó furioso, con sus largos y gruesos dedos cruzando sus sienes y con los ojos aún cerrados, al comprender que en su sospecha hacia los Druvi estaba viendo reflejada su propia mezquindad, su propio nepotismo, el que le hacía poner su misma sangre al mando de los lugares estratégicos, violando así la cósmica Ley de Jerarquía que los antepasados les legaran: a la cabeza, pero al servicio del trono, el que más lejos ve, el sabio, el vidente, el que tiene contacto con el cielo, el consejero del rey, y esa era la labor del linaje de los Druvi. Más abajo, el rey, el funcionario que ostentaba el poder, el Linaje de los Nobles; al mando, sí, pero escuchando siempre al sabio Druvi. Luego, el hombre de armas, aquel que empuña la espada en defensa de lo sagrado, el guerrero de honor, el Linaje Militar, siempre obedeciendo al rey, que escucha al sabio, y éste al cielo. Y después las demás jerarquías, los comerciantes, los artesanos, los obreros, los campesinos y las demás categorías sociales; cada una en su lugar y en su función, según un orden perfecto, reflejo de un Orden Superior, que si se respeta, premia con la bienaventuranza para el reino, porque éste fluye de acuerdo al fluir de la Vida, al orden de los cielos, y si se trastoca, sobreviene la desgracia.

—¡Mil veces necio! —volvió a tronar, recordando que él, aduciendo impurezas que sólo en él mismo existían, había dudado del sabio y pasado por encima del guerrero, y por ello había perdido la protección del cielo.

Mucho después, con amargura en el alma, pero con la tranquilidad de la resignación, preguntó:

—¿A quién culpas de la espantosa desgracia, mi querido amigo?

—A mí mismo, naturalmente, querido rey —dijo con voz quebrantada el canciller—. Yo, tu más cercano amigo, pude haberte ayudado a entrar en razón cuando desoíais el consejo, pero he sentido temor de ti. El culpable soy yo.

Entonces el monarca, comprendiendo desde más arriba, desde un espacio de consciencia transcendente, concluyó:

—La milenaria labor civilizadora iniciada por los antepasados, los Celestes Fundadores, ha sido inútil, amigo del alma. El error de un solo hombre bastó para hacerla fracasar, un hombre que es mi propio hermano, sí, pero que también soy yo; un hombre que también sois vos, que son el Druvi y el Militar, el joven Khan-Ur y mis seres más cercanos, y todo el pueblo, porque ninguno de ellos, víctimas del temor, presionó de la manera debida, de la forma capaz de hacerme despertar de mi error. La caída sucede por culpa de un hombre que es cada uno de nosotros, porque cada parte del todo refleja la totalidad. El canciller comenzó a sentirse aliviado del peso de toda la culpa. El rey continuó:

—Un solo culpable hay entonces: todo nuestro pueblo, y la conclusión es muy clara: no está esta nuestra raza preparada para el Gran Salto hacia el reino de la Luz. La gran oportunidad de la Primavera del León sucumbe aquí bajo el embate de las terrestres fuerzas del mal, un mal que no está fuera sino dentro, porque Balam y Jove, dentro de nosotros luchan.

—Sabias palabras, majestad, y en cierta forma son un alivio para mi conciencia, a pesar de la tragedia a la que habremos de enfrentarnos.

—Bien, Balam ha sido el vencedor, le hemos permitido que nos doblegue, y ahora todos padeceremos lo que hemos merecido.

—Mucho dolor deberán soportar quienes consigan sobrevivir, alteza, si es que alguno lo logra, y también los descendientes de sus descendientes. A lo largo de innumerables generaciones padecerán, porque este mundo queda ahora a merced de Balam, el dios de la destrucción, el tenebroso rey del desamor.

—Desgraciadamente, así es, mi canciller, hasta que llegue la nueva oportunidad, en la primavera del Hombre del Cántaro, doce o trece mil primaveras más adelante, y quién sabe si una vez más, en aquel lejano futuro, las huestes de Balam nuevamente conseguirán impedir el salvador Gran Salto, el definitivo despegue de aquella humanidad, prolongación de la nuestra, hacia el encuentro con el Celeste Reino de los Antepasados de las Estrellas... Quién sabe.

El rey meditó un instante con los ojos cerrados procurando imaginar un futuro tan lejano e incierto. Poco después, poniendo una mano sobre el hombro de su viejo amigo, manifestó acongojado:

—No puede el impuro bárbaro arrebatar tan colosal y divino poder sin hacer caer en la destrucción a todo el continente, tal vez al mundo en su totalidad.

—Todo es tan injusto... noble señor.

—Nada es injusto, amado amigo; lo que merecemos sólo recibimos. De algún modo, cada uno de nosotros ha permitido que ello sucediese. Indignos somos entonces ante Jove de continuar más allá. Nuestro buen Dios nos hace caer en el abandono y su desprotección, y por nuestros errores y falta de temple ha sido.

Se puso de pie. Su poderosa estampa le hizo recordar al canciller aquellas estatuas de los galácticos antepasados, hoy convertidos en dioses por el fervor popular.

—Haced venir a mi hija, por favor, entrañable compañero.

Éste sintió que la garganta se le cerraba. Sus ojos se humedecieron.

—La pobrecilla... No...

—Nuestra estirpe es buena, noble y compasiva, pero sólida, querido amigo. Comprendo que vuestro amor casi paternal hacia mi hija haga que vuestro corazón se conmueva ante el destino que le aguarda, pero ella también está hecha de nuestra madera y sabrá sobrellevar su destino con entereza y dignidad. Llamadla, os lo ruego.

El canciller llevó al centro de sus ojos una oval piedra nacarada que pendía de su cuello, cerró los ojos y frunció el ceño, concentrándose. Después de un instante su rostro se relajó, abrió los ojos, dejó caer la piedra a su pecho y dijo:

—La princesa El-Anya ya está en camino, alteza.

Poco después, por un portal posterior al trono entraba agitada una bella joven de ojos negrísimos, sedosas pestañas y piel muy clara. Su porte, prestancia y finos movimientos delataban su sangre y educación real.

—El urgente y desesperado requerimiento del canciller he recibido. ¿Qué sucede, oh, Padre amado?

El rey, con emoción tomó la mano de su hija, atrajo a la muchacha hasta su pecho, acariciando y besando con ternura sus negros y perfumados cabellos. No pudo evitar dos lágrimas que rodaron por su rostro curtido y varonil al abrazar a su única descendiente. El fruto de su amor con su desaparecida esposa, igual que aquélla, ahora partía de su lado para siempre, pero no hacia el alivio de la muerte, sino hacia algo tal vez peor.

—Apenas queda tiempo, adorada hija, para que vayas hasta la isla de la hechicera Cirana...

El rostro de la joven se puso blanco como el color de las columnas del Palacio Real. Escuchó aquel fatídico nombre como quien recibe una inesperada condena a muerte. Comprendió que allí concluía todo, que el Gran Salto no sería posible esta vez, y que debido a ello, su suerte estaba en manos de la perversa pero poderosa bruja.

—Ella os ayudará a cumplir con vuestro atemporal destino, según ha sido decretado desde otras esferas –dijo el monarca con el corazón desangrado.

La joven no quiso conocer los pormenores, ¿para qué? La derrota de las fuerzas de la Luz significaba el fin del continente, y el reinado de Balam sobre lo que quedase en pie. En vano estuvieron años y años los sabios Druvi cargando de energías mentales de altísima vibración aquellos gigantescos cristales condensadores. No se llegó a la carga requerida para desencadenar la irradiación de Luz sobre el planeta y así eliminar todas las impurezas y entidades de bajas frecuencias que inspiran las malas acciones de los hombres: las legiones de Balam.

Abrazó a su padre con el corazón desfalleciente, porque la derrota también significaba que ella debería ahora enfrentarse a un destino tal vez peor que el de quienes pereciesen bajo las aguas.

—Yo he tenido la culpa, padre, y merezco mi castigo...

También ella se sintió culpable de la desgracia, por no haber presionado al rey para que obedeciese el consejo de los sabios, ella, que tenía más poder que nadie sobre el corazón del monarca, siendo su amada y única hija. No lo hizo porque temió poner de manifiesto ante su progenitor su amor hacia el joven Druvi, el llamado Khan-Ur, el mismo que había sido propuesto para vigilar a su tío Draco, el hermano del rey. El monarca no hubiera aprobado la mezcla de linajes. Recordó su dicho habitual: «Druvi es Druvi, Noble es Noble y Militar es Militar, y jamás se han de mezclar», y decidió que el destino que ahora le tocaba era el justo, el que merecía por su falta de coraje para intentar hacer ver a su padre lo absurdo de sus prejuicios. El encuentro con su amado, el apuesto joven Druvi, debería esperar hasta los albores de la Primavera del Hombre del Cántaro, milenios más tarde, cuando tal vez no hubiese bajo aquellos cielos tantas oposiciones al amor, tantas divisiones insensatas.

Un leve temblor de tierra estremeció el lugar, se sacudieron candelabros y lámparas, cristales y esculturas, provocando luego la furia del rey.

—¡Por Tritonos y Anfitram! ¡Esos bárbaros acaban de penetrar hasta el Santuario del Templo de los Sagrados Cristales!

El canciller intervino nervioso:

—Las sagradas y amorosas energías de los cristales se convierten en fuerzas destructoras al menor contacto con mentes impuras. Apenas queda tiempo, amada El-Anya. Despedíos de vuestro padre, que yo os he de llevar hasta Cirana, aunque el corazón se me desgarre de dolor.

—Es una amarga y mortal hora, hija; id con el canciller, id pronto, que apenas soporto la fatal herida de perderos para siempre sin morir yo también...

Ella le abrazó con fuerza.

—No es para siempre, adorado padre. Las almas que se aman se vuelven a encontrar. Ilusorios eones tal vez aquí, un abrir y cerrar de ojos en otro plano, y allí estaremos de nuevo unidos.

—Es cierto, preciosa hija, pero qué débil llega la sabiduría al alma cuando la vida nos somete a tormento...

—Sin embargo, es entonces cuando más debemos acudir a ella —dijo la joven mientras besaba la mano de su padre, queriendo consolarlo de alguna forma, y aliviar también de alguna manera su propia y amarga pena.

—Cierto es, pero humanos apenas somos, hijita mía; un corazón tan blando tenemos...

Otro ligero terremoto sacudió el Palacio.

—Blando para con los nuestros —aclaró la princesa—, pero tan duro hacia quienes no lo son...

El monarca omitió cualquier comentario.

—Otra lacerante aflicción me atormenta, hija. Debo informar a mi pueblo que la hora final ha llegado, que deben cumplir con el mandato más ignominioso e infamante que pueda ordenar soberano alguno: la escapada inmediata, el abandono de todo, la huida —dijo mortalmente apesadumbrado, abrazando desgarradamente a su hija, a quien vería por última vez.

Capítulo 3

La Dama de las Aguas

Permanecimos largos instantes en silencio en la cumbre del Manoa, frente al colosal espectáculo lumínico y nocturno de los pueblos, ciudades y blanca playa que rodeaban la isla de Sands, hasta que ella habló:

—Ciertas noches de luna llena vengo a mirar desde aquí.

Parecía contenta, aunque adiviné en su bello rostro la leve huella de alguna oculta o lejana pena. Sí, a pesar de su hermosura, me pareció evidente que no era feliz, y me nació algo así como el deseo de protegerla o hacerla más dichosa.

—¿Por qué sólo en noches de luna llena?

—Porque hay luna llena.

Pensé que aquello había sido una broma suya, y me planteé reírme para agradarla, pero estaba seria. Después comprendí que su respuesta era perfectamente coherente. Venía en las noches de luna llena porque sólo en esas noches se puede disfrutar de la luna llena, por supuesto.

—¿Cómo te llamas? –pregunté.

Se volvió hacia mí y me observó con gran atención.

—El nombre no es el ser real –respondió.

Era extraña, muy diferente, y muy interesante.

—No, claro que no, pero de alguna forma debemos identificarnos.

—Es mejor mostrar lo que se es de verdad, en lugar de un rótulo ficticio, y los nombres lo son.

Estuve de acuerdo, pero...

—¿Y cómo se puede mostrar lo que se es de verdad?

—Así –dijo, mientras se volvía para mirarme con cierta intensidad. Yo sólo pensaba en lo linda que era. Luego continuó observando el paisaje sin decirme nada.

—Perdón, pero no he oído tu respuesta.

Volvió a mirarme.

—¿Qué respuesta?

—Lo que tú eres de verdad, no me lo has dicho.

—Lo que soy de verdad no tiene sonidos, pero ya te lo he mostrado.

«Oh, oh... Cuidado, Lucas. Parece que estamos frente a un caso «de esos». Se dice que mucha diva de la *jet set* viene a "volar" al cráter», me dije a mí mismo bastante desilusionado.

—Perdón, pero no lo «he visto».

—No puede verse con los ojos, sólo puede sentirse.

—Entonces no lo he sentido.

Nuevamente me bañó con la luz de su mirada turquesa.

—Tienes que dejar de pensar para sentirlo.

—No comprendo bien...

—Cierra los ojos.

Me sentí desorientado.

—¿Ahora mismo? –pregunté. Ella parecía divertirse conmigo.

—Sí, ahora mismo, claro.

Así lo hice.

—Está bien. ¿Qué más?

—Concéntrate en mí.

—Ya. ¿Y ahora qué?

—Lo que sientas que yo soy, sin pensar en nada más, eso es lo que soy de verdad.

Me sorprendí ante sus palabras. Otra vez me pareció coherente lo que antes había calificado de incoherente. Comprendí que ella se refería a una realidad anterior a cualquier razonamiento, más allá de los sonidos, a una identidad más trascendente que una etiqueta formada por letras y sonidos, y que yo debía tratar de encontrar en mí mismo al concentrarme en ella.

«Interesante mujer», me dije.

Puse su imagen ante mí. Esa figura adorable sólo me provocó deseos de abrazarla, protegerla y amarla para siempre.

—Sin mi imagen física, sin pensar en nada –aclaró.

Abrí los ojos y protesté:

—¿Y cómo puedo pensar en ti sin imaginar tu rostro?

Me miró como si yo fuese un niño tonto.

—Si se me borran los ojos, la nariz y la boca, ¿no sigo siendo la misma?...

La observé tratando de imaginar que eso sucedía realmente, y para mí, aun sin rostro, ella continuaba irradiando su hermosura.

—Tienes razón, sí, seguro que seguirías siendo la misma.

—Entonces procura concentrarte en lo que soy yo, más allá de sonidos y de imágenes.

Cerré mis ojos nuevamente e hice lo que me había pedido, fui más allá de su apariencia, y ella se me transformó simplemente en una luz, en una inefable energía que para mí significaba el amor, simplemente eso, el amor.

—Eso es lo que soy de verdad para ti —dijo.

«Si supiera»... pensé.

—Lo sé —manifestó de pronto, dejándome helado. ¿Había leído mi pensamiento?

—¿Qué has dicho?

—He dicho «lo sé».

—¿Qué es lo que sabes?

—Lo que pensabas que no sé —dijo sonriendo.

Comencé a ponerme muy nervioso, pero finalmente opté por ponerle una prueba.

—¿Qué es lo que yo pensaba que tú no sabes?

—Lo que has sentido que soy para ti.

Me rebelé y preferí pensar que si ella hiciera ese «jueguito» con cualquier otro hombre, el resultado sería siempre el mismo, porque todos pensarían en ella como en alguien capaz de inspirar el más grande amor, por lo tanto, con todos podría jugar a que adivina sus pensamientos. Esa explicación me dejó satisfecho, y no vi que mi razonamiento era bastante ilógico, porque ella pudo haber calculado que yo la iba a comparar con el amor, pero no que yo iba a pensar «si supiera». No era posible responder con tanta seguridad «lo sé» sin haber leído en mi mente, pero eso, yo no lo vi en aquel momento. Se rió levemente, tapándose luego la boca con la mano.

—¿De qué te ríes?

—De ti.

—¿Por qué?

—Porque estás loco...

Me hizo gracia que tratase de loco a un profesor de una importante universidad...

—¿Y por qué estoy loco?

—Porque no puedes calmar tu mente y vivir la realidad.

Se estaba refiriendo tal vez al ejercicio que yo llamo «morir al pasado y nacer al presente», el que sólo puede ser disfrutado plenamente cuando no se piensa en nada y simplemente se paladea lo que la vida ofrece en esos instantes, pero yo era un artista en la materia, me había pasado horas y horas en eso, había adquirido mucha práctica, ella no podía decir que no soy capaz de salir de mi actividad mental, ya que...

—No puedes –expresó alegre, burlándose de mí nuevamente.

Tuve que reconocer internamente que ella tenía razón. Yo elaboraba mil argumentos mentales para presumir de lo experto que era con relación a vivir la realidad del momento, ¡en lugar de vivir la realidad del momento!...

—Está bien. No puedo ahora, pero eso no quiere decir que yo esté loco siempre.

—No siempre, pero ahora sí –dijo.

Tuve que aceptar que nuevamente tenía razón, pero no quise o no pude decir nada. Luego, ella volvió a sumirse en su contemplación.

—¿A qué te dedicas? –le pregunté. Pensé que era casi seguro que sería modelo o artista de cine o televisión.

—A vivir.

—Claro, como todos...

—No como todos; como yo.

«¡¡¡Esta mujer tiene otras coordenadas mentales!!!», pensé alarmado.

Aunque de entrada pareciese ilógica, analizándola bien, su psiquismo resultaba ser la coherencia misma, sólo que sin ceñirse a nuestras frases hechas, a nuestros «protocolos», a nuestra forma de relacionarnos con los extraños, que es bastante más indirecta y evasiva que la de ella. Nosotros recurrimos a lugares comunes, a frases hechas. Ella no, esa adorable mujer iba al grano inmediatamente, no gastaba media palabra de más ni se andaba con rodeos...

Entonces volvió a rondarme la idea-pantera negra en la noche: «¿Será realmente la princesa extradimensional de la laguna?»...

—Sí.

Se me erizó el cabello, tragué saliva, pero no quise aceptarlo, no podía, yo era un científico. Tenía que ser todo casualidad.

—¿Sí qué? —quise probarla nuevamente.

—Sí, señor —respondió, y se puso a reír, contagiándome.

Tenía sentido del humor, además...

—Ahora sin bromas. ¿Qué has querido decir con ese «sí»?

—Que sí soy lo que piensas que soy, y lo sabes muy bien.

Estaba insinuando nuevamente haber leído mi pensamiento y ser de verdad la princesa de la laguna, eso me desestabilizó, pero pronto encontré una escapatoria:

—Bueno... cualquiera a estas alturas estaría pensando que tú eres esto o lo otro. Eso se podía calcular...

Volvió a reír.

—Estás loco.

—Yo pensaba que podrías ser un fantasma —mentí, para ver si me decía que yo no había estado pensando en eso justamente.

—Y si te hubiera dicho que pensabas que soy la princesa de la laguna, dirías que todo el mundo pensaría eso porque es una historia muy conocida y porque estamos junto a la laguna... Estás muy loco.

Había una gran ternura, con algo de espíritu infantil, en su forma de dirigirse a mí. Casi hubiera jurado que yo le gustaba...

—Pero ya que lo mencionas... es verdad, cualquiera pensaría eso.

Entonces, con un tono muy serio, y casi como un reproche, dijo:

—Sólo quienes se han ganado la confianza de los nobles pahos conocen la secreta leyenda...

¡Era cierto! Sentí como si un cerco se estrechase en torno a mí. Observando el suelo busqué una escapatoria, una explicación lógica, terrenal, coherente... Y la encontré, claro, siempre hay alguna interpretación salvavidas para la mente que busca una excusa que la libere de la aceptación de alguna realidad que le pueda hacer perder su ilusoria seguridad. Por más absurda, incoherente o canalla que ésta pueda ser, como en el caso de los prejuicios, la falaz interpretación o deformación de la verdad se impondrá en la estrecha mente. Como no había ninguna otra explicación, se me ocurrió la brillante idea de pensar que ella y los pahos estaban confabulados...

«¡Claro! Primero los indígenas prepararon en mi cabeza la idea, contándome la inventada «leyenda», y luego la hicieron aparecer a ella ante mí, y después, si consiguen que me enamore de esta belleza, tratarán de sacarme hasta el alma entre todos»...

Me volví hacia la hermosa dama para insinuárselo de alguna forma diplomática, pero ya no estaba, había desaparecido, se había esfumado en un abrir y cerrar de ojos... La busqué por todas partes con la mirada, pero por allí no había ningún escondite, y sencillamente no estaba. Y ningún ser humano podría desmaterializarse así... Ante aquella evidencia, rotunda como una montaña, en lugar de sentir miedo, en vez de salir huyendo por temor a aquella aparición, me sentí desolado; sólo quería volver a verla, pedirle perdón por mis groseras sospechas, seguro ahora de que ella había leído en mi sucia mente, y quería disculparme también ante los nobles pahos, si ello fuera posible. Quería pedir perdón ante el aspecto sagrado de la existencia, ante mí mismo, ante mi honor, ante el misterio de la Vida, que por algún insondable designio decidió abrirme un pliegue de sus más entrañables y raros tesoros, y yo me había comportado ante la divina dádiva como un cerdo que pisotea las caras perlas que se le ofrendan. Mi vergüenza me dolía como encarnado puñal mientras recorría todo el lugar con mi vista, buscándola inútilmente.

Un poco después, con el rabillo del ojo capté un movimiento, un ligero brillo cerca de la laguna, sobre la roca de los clavados. Enfoqué mi vista velozmente. Allí estaba ella, resplandeciente, erguida como fantasmal escultura bajo la luna.

Con un suave deslizamiento de su brazo desató en sus espaldas el nudo del vestido, éste cayó suavemente en la roca a sus pies, convertido en un sencillo manto, entonces pude contemplarla en toda su radiante y blanca desnudez. Su cuerpo tenía un brillo sobrenatural y una belleza y perfección de formas que me cortó el aliento. La seda de sus cabellos negros realzando sus hombros, enmarcando sus senos, sólo incentivaba mi adoración, al igual que la impresionante curva que iba desde su delgadísima cintura hasta sus caderas perfectas. La vista del oscuro y sedoso pubis contrastando con las blancuras níveas de sus muslos y bajo vientre me provocó un deslumbrado ahogo y constituyó una imborrable estocada final.

Me miró desde la distancia fijamente a los ojos, alcanzando el núcleo más íntimo y sagrado de mi ser, la fuente de mi vida y de mi amor, y aquello fue el golpe de gracia. En sus pupilas claras anidaban la tristeza y algo parecido al reproche. La herida me dolió todavía más, el lacerante y ardiente fuego de mi corazón se intensificó, avivado por la oprobiosa sensación de haber ofendido y perdido un inexplicable, pero rotundo y definitivo amor. Apartó la vista de mí con desdén, caminó hacia el borde, se arrojó en un impecable clavado vertical. Su cuerpo estirado en el aire dejó ver la curva bajo su espalda, impresionantemente perfecta, y desapareció en el misterio de las aguas sin el menor sonido, sin salpicaduras, sin agitar la superficie de la laguna, que permaneció quieta como un espejo.

Esperé inútilmente verla reaparecer. Pasaron y pasaron minutos y minutos, diez, quince, veinte, una hora, dos, tres, no sé, pero nunca regresó.

Un mortal más había recibido el dudoso privilegio. Un alma más condenada a la tristeza hasta la muerte, según el designio de la fatídica maldición, y no me importó, porque me consideré merecedor del castigo; creo que incluso me alegré por mi desdicha, porque era una forma de saldar mi ofensa hacia la Vida.

Sólo su prenda de vestir había quedado en la roca. Con acongojados pasos escalé hacia ella. Al llegar la tomé entre mis manos reverentemente. Conservaba aquel bendito perfume. Me senté. Estreché la celestial tela con todo el amor que mi ser podía derramarle, como si aquel tejido fuese una vital prolongación de ella misma. El suave efluvio traía su presencia amada ante mí, haciéndome casi enloquecer de amor y dolor. Besé mil veces el divino tejido sintiéndome como el más sucio de los mortales. No pude contener arrepentidas lágrimas, tuve que ocultar mi rostro y mi llanto en aquel precioso tesoro perfumado hasta dejarlo húmedo.

La esperé durante eones, la llamé de viva voz, la invoqué con la mente, con el alma, con mi sangre y mi espíritu; con mi carne y mis huesos. Le pedí perdón, le rogué, le imploré, pero igual que le sucedió a la cadena secular de hombres ungidos y malditos ante el fatídico y delicioso espejismo lunar, no la volví a ver.

No era tampoco yo el hombre indicado. Tal vez ellos, igual que yo, fueron groseros y bastos, dudaron de su honestidad, y quien es capaz de tal bajeza no merece ser premiado con el amor de una diosa, naturalmente, sino ser condenado a perpetuidad al más hiriente dolor que un ser humano puede padecer: el recuerdo del divino ángel del amor, que vino a ofrecernos la entrada al paraíso, pero que por torpeza, por no merecerlo, por no estar a su altura, perdimos.

Capítulo 4

La hechicera

En el interior de la verde y plateada burbuja de energía que se deslizaba por los cielos nocturnos, llorando sin consuelo, El-Anya echó un último vistazo a la amada tierra que la había visto nacer. Contemplaron por última vez sus bellos y acongojados ojos la iluminada y lujosa capital, Pos-Idinya, desde las alturas. Aquel fascinante espectáculo que tanto alborozara otrora su pecho, esta vez se lo destrozó de pena: esa ciudad entrañable estaba condenada a ser destruida.

Puso la piedra del colgante que llevaba al cuello sobre su sien para transmitir su pensamiento y cariño a su amado Khan-Ur. Éste respondió de inmediato. Sin necesidad de pronunciar palabra alguna, reafirmaron sus votos de amor eterno, un amor que trasciende espacios y tiempos, y que no puede extinguir la ilusoria muerte. Se despidieron como si fuera un hasta pronto, y no un adiós.

El canciller, con cálida emoción apretaba la mano de la acongojada princesa, intentando así transmitirle la fuerza que le ayudase a sobrellevar los embates de tamaña fatalidad. La amaba hondamente; desde que vio a la pequeña recién nacida en su cunita, la amó, pero no como si fuese su hija, sino como se ama a una diosa, y como tal la veneraba, y no podía evitar llamarla «madrecita».

Los sabios Druvi habían dado a conocer que la recién nacida había venido desde superiores planos de existencia a realizar una misión, agregaron que ella era tan Druvi como ellos mismos o más aún, y como tal se le permitía ir a concentrarse frente a los cristales para ayudar a cargarlos con energías psíquicas de elevada frecuencia vibratoria. Las luces de Pos-Idinya parpadearon un par de veces allá abajo, y simultáneamente la burbuja trastabilló en el aire, perdiendo su luz, altitud y poder durante ese mismo par de parpadeos.

—¡Estos criminales están emitiendo profanadoras energías mentales en el Santuario de Los Cristales! Todo el sistema de energía radiante de nuestro continente se encuentra a punto de reventar, y luego lo peor ha de sobrevenir. Ya sabéis, madrecita, que si el delicado sistema se derrumba, todo ha de ir a parar al fondo del Mar Océano; todo, lagos, valles, cerros, ciudades, pueblos y montañas. Si no llegamos pronto, esta burbuja a tierra ha de caer, y si no se dan prisa, pocos podrán escapar. Y si nadie consiguiese sobrevivir, en la noche de los siglos quedarán sepultadas para siempre nuestra cultura y sagrada sabiduría. Vuestra misión entonces es de la máxima importancia, madrecita amada, podría significar la única forma de legar a las eras del futuro nuestra historia, nuestros empeños, nuestros orígenes estelares y nuestro gran fracaso. Todo ello podría servir en alguna medida a quienes nos sobrevivan. Ese podría ser el único legado de nuestra civilización... que aquí llega a su fin.

—Todo ello, sumado a los conocimientos y poderes que obtendré a cambio de permanecer milenios bajo un hechizo, podrá tal vez ayudar por fin a dar el Gran Salto a la humanidad del futuro, querido canciller, y así el milenario propósito de nuestros Antepasados y el de mi propia alma será cumplido. Confiemos entonces en que el buen Dios Jove habrá de protegernos y que a la isla de Cirana llegaremos sin novedad.

Con una antorcha de energía radiante en sus manos, la bruja Cirana esperaba triunfante junto al peñasco que hacía de puerta de su covacha, en una ladera de una montaña de su remota isla.

—¡Yo lo sabía, lo sabía! ¡El poder del dios Balam sobre el débil de Jove siempre ha de triunfar! –exclamó al verla llegar.

La princesa la miró altiva, procurando superar la repugnancia que le inspiraba aquel ser cuyo rostro infernal no expresaba otra cosa que bajezas y maldad.

—Por designios de Jove, Señor de todo lo que es y existe, incluso de Balam, aquí estoy, según sagrados planes Suyos que no puede vuestra pequeña cabecilla errada comprender, Cirana. Es por propia voluntad, en perfecta sintonía con la de Jove, por lo que estoy aquí, y no por la de Balam, quien nada podría si de Jove no le viniere.

—¡Escoria de batracios! Si Jove fuese más poderoso que Balam no estaríais en derrota llegando a mis puertas –dijo con burla, riendo pérfida.

—No estuvimos a la altura de Jove, y por eso nuestro Dios concedió la victoria a Balam, y ahora debo llegar vencida a vos, porque vuestro poder es majestuoso, Cirana; sólo vos podéis realizar el prodigio que necesito para cumplir con la voluntad de Jove. Desconocerlo no puedo, explicarlo tampoco, Sus designios desafían la humana comprensión; pero recordad que sólo Jove es Dios, y que Balam es un simple siervo Suyo.

—¡Qué sabéis vos, pedazo de esperpento! Venid, vamos abajo, la pócima de la maldición está esperándoos, a la voluntad de Balam os entrego, y a cambio, vuestra juventud y belleza he de absorber y luego disfrutar.

—Si es que las hordas del torpe Zotán dejan algo en pie en este mundo, para que puedas después beneficiarte de tu belleza y juventud, cosa que no veo posible...

—¡Insolente! ¡Zotán es un gran sabio! Sólo el bien ha de traer. Gracias al poder de los Cristales, todos habremos de disfrutar esplendorosos banquetes y grandiosas orgías para siempre.

—Vuestro poder es inmenso, pero vuestra ignorancia también resulta execrable, Cirana. Esos cristales materializan lo que se piensa en el Santuario, y como Zotán y sus hordas sólo piensan en destrucción y bajezas, es eso lo único que han de producir. No puede lo inferior tocar a lo superior sin destruir y resultar destruido.

—¡Escoria de batracios! ¿¡Quién sabe qué es superior y qué es inferior!?

—Lo superior es aquello que se encuentra más cerca del amor —aclaró El-Anya, pero la bruja, sardónica y como con asco, repuso:

—El amor..., la eterna cantinela de los perdedores, de los débiles... Mejor, que se pierdan lo único que en la vida tiene importancia: ¡EL PODER! Todos los devotos de Balam, el Señor del Poder, llegaremos a ser inmortales gracias a esos cristales en manos de la gente de Zotán, y con mi belleza y juventud habré de reinar en el corazón y cuerpo del bello joven Khan-Ur, mía ha de ser la miel de la juventud y belleza de quien provoca vuestros suspiros, mientras que vos habréis de permanecer milenios y milenios como en un espantoso sueño, solitaria y triste bajo las aguas.

Una carcajada que helaba la sangre selló sus crueles palabras.

—El tiempo es una ilusión, Cirana, y cuando los ciclos cósmicos se hayan de cumplir, el verdadero y más grande amor he de encontrar en Khan-Ur, quien también por mí suspira, en ese nuevo Khan-Ur de los albores de la Primavera del Hombre del Cántaro, y entonces, sabia y bella como ninguna, para él habré de ser, y el sagrado Conocimiento que descendió de las estrellas de la mano de nuestros Antepasados, en mi soledad de siglos ha de germinar en mi alma poco a poco, llenándome de Luz y de capacidades que ni siquiera vos tenéis, y cuando el tiempo de la maldición se agote, mi Conocimiento ha de servir para el bien del futuro, para el definitivo triunfo de Jove sobre Balam en toda la faz de la tierra. Y vos habréis de estar retorciéndoos en los infiernos submarinos. La bruja lanzó una pestilente y salivosa carcajada en el rostro de la bella joven, escupiendo luego hacia la tierra con una mordaz y desafiante mueca en su abominable rostro.

—¿Y vos creéis acaso que eso Balam lo ha de permitir? —preguntó, y volvió a reír estridentemente.

Haciendo de nuevo un esfuerzo por sobreponerse a la repugnancia, apoyada en la fuerza de Jove, El-Anya pudo por fin decir:

—Esto, con Balam nada tiene que ver, sino con Jove, quien todo poder decide, incluso el de Balam y el vuestro. Puede que las cuentas se demoren, pero al final, ineludiblemente han de quedar saldadas. El daño que hacéis, en vuestra propia carne alguna vez lo habréis de padecer. Esa es la Ley.

—¡Huuuaaaaaaaa, huuuaaaaaa, huuuuaaa, huuuuaaaaaaaa!

La burlesca y horrenda carcajada, potenciada por el maléfico poder de Balam, se derramó amplificada, estremeciendo los pedregosos cañones y desfiladeros, consiguiendo helar de pavor a toda alma que la escuchó, incluso en las vecinas islas. La princesa debió taparse los oídos para no sucumbir. Luego, con desprecio y desdén, la hechicera agregó:

—¡Carroña de murciélagos! Esa estúpida cantinela sólo sirve para el eterno consuelo de los pobres idiotas que confían en el débil y mentiroso de Jove. ¡No hay más Ley que el Poder! Quien lo posee, con él hace lo que le viene en gana, y nada deja huellas de nada, porque el Poder no tiene memoria. ¡Vamos, venid abajo! En unos minutos vos estaréis cual alma en pena flotando en un frío limbo, y yo, bella para siempre, disfrutando de Khan-Ur.

Al día siguiente, al amanecer, miríadas de cansadas aves buscaban sobre las agitadas y ahora lodosas aguas del infinito Mar Océano, hirvientes de burbujas y arremolinados despojos, algún inexistente lugar en donde reposar sus desfallecidas alas.

Capítulo 5

El divino manto

Presa de patéticos pensamientos, decidí volver al automóvil. Mi alma sangraba, pero un consuelo me había concedido la misericordia del Universo, un tesoro, un inmerecido trofeo: el manto de la princesa. Lo idolatraría como si fuese una materialización de su alma; sería mi sagrado fetiche, mi ídolo, mi altar, mi punto de contacto con la divinidad, con el más elevado y sobrenatural amor.

Lo doblé con cuidado, lo puse sobre el asiento lateral y arranqué el coche. La vibración del auto me hizo regresar a mi mente civilizada, al mundo cotidiano, entonces, dando un respingo, recordé aquel asunto pendiente: ¡lo había olvidado! Cansada de esperarme inútilmente en el aeropuerto de la isla, sin conocer la ubicación de la cabaña que yo había alquilado, habría tenido que tomar un taxi y dirigirse al hotel. A esas horas, sola, preocupada y triste, estaría haciéndose mil conjeturas ante mi inesperada ausencia. Un verdadero desastre.

Extrañamente, desde la aparición de la princesa me había olvidado por completo de que tenía el tiempo justo para ir al aeropuerto a recibirla a ella... ¡mi amada esposa!...

—¡Bárbara! —exclamé angustiado.

Esa vez no había venido conmigo a buscar una cabaña para alquilar, prefirió esperar un par de días hasta asistir al concierto que daría en otra ciudad un famoso músico pop venido de Inglaterra —¡no recuerdo su nombre porque de eso nada entiendo!—, y luego viajaría a la isla a encontrarse conmigo.

Me sentí molesto con aquella mujer de ojos color turquesa, aquella hechicera que había logrado esfumar de mi consciencia al amor de mi vida.

«¿Cómo pude haberme olvidado así de mi querida compañera, tan completamente? ¿Cómo su presencia, tan rotunda e importante en mi vida, pudo haber desaparecido por entero bajo aquel conjuro? ¿Tan débil es mi cariño? ¿Es posible que una presencia femenina, por más extrahumana que sea, pueda borrar totalmente de mi corazón la figura y el recuerdo de mi adorada esposa? ¡Además estuve a punto de enamorarme de esa otra mujer!»...

—¿A punto?... —me pregunté yo mismo en voz alta, volviendo a una realidad más sólida, mirando con cariño hacia el divino manto junto a mí, sin poder evitar acariciarlo.

—Estás atrapado, Lucas —volví a decirme cuando recordé que esa extraña dama había dejado una profunda herida de amor en el área más vital y sacra de mi ser, una funesta y lacerante llaga que me torturaría el resto de mis días, que debería mantener en secreto hasta mi tumba, y que empañaría de manera irreversible el cariño hacia mi esposa...

Aquello me pareció terriblemente injusto para con la pobre de Bárbara, y me juré amarla o demostrarle todo el afecto que me fuese posible expresar durante toda la vida, dejando «lo otro», lo más profundo y real, allí, en donde suele ir a parar aquello que nació en el atanor germinal de los más imprudentes anhelos: en la inconfesable y recóndita cripta de los sueños imposibles.

Camino al hotel que solíamos frecuentar, imaginé la escena. Al verme llegar a su habitación, después de constatar que nada malo me había sucedido, se pondría furiosa, y seguramente me diría:

—¿Dónde diablos te habías metido? ¿Sabes cuánto he gastado entre el hotel y el taxi? ¡Cien-tovein-te dólares!

—Lo siento mucho, Bárbara... Me he quedado dormido en el volcán y me he despertado muy entrada la noche. Discúlpame.

Imaginó que me acercaba para abrazarla, y que ella me rechazaba.

—¿Cómo pudiste quedarte dormido, sabiendo que yo iba a tener que esperarte como una idiota en el aeropuerto? Eres muy desconsiderado, Lucas, muy desconsiderado. Eso es lo que te importo: ¡Nada!

—No es así, mi cielo. Eres lo que más me importa en el mundo, y lo sabes; pero nadé más de la cuenta, luego me puse a descansar y no sé en qué momento me quedé dormido. A cualquiera le puede suceder. Me indigné conmigo mismo cuando desperté y vi la hora que era... Ya sabes que te adoro...

—¡Hum!

Ese «hum» indica que comienza a ceder, la conozco. Imaginé que me acercaba nuevamente y que esta vez no me rechazaba de lleno. La rodeé con mis brazos y le di un beso en el cuello, fue allí cuando imaginé que pegaba un grito:

—¡Hueles a mujer!

Casi perdí la dirección del coche al vivir la escena. Bárbara me olía como un sabueso furioso.

—¡Hueles a mujer! ¡A mujer!

O iba a bañarme a casa y escondía por ahí el vestido, o tendría que tomar el toro por los cuernos y entrar en su habitación con la bendita tela y mi perfume en la piel, y entonces tendría que fabular la siguiente historia:

—No es lo que piensas, Bárbara. Resulta que en la arena de la laguna había un perfumado manto que alguien dejó olvidado y me dormí sobre él. Aquí está, no lo iba a dejar tirado allí, es una prenda cara.

—¡No te creo en absoluto!

—Pero mi amor, tú sabes que soy un hombre respetable y que no iba a andar en aventuras por ahí. Además, fíjate que el asunto es lógico. Si hubiera sido una aventura, yo no iba a traer esta prenda conmigo, eso sería absurdo, ¿no te parece?

Ella diría «hum» y se pondría a contemplar la preciosa y fragante tela.

—¡Qué hermosa! –diría después, la tomaría entre sus manos, la olería y se la llevaría al pecho–. Esta prenda debe valer una fortuna... Me la quedaré para mí... –Ante esas palabras imaginarias pero posibles sentí un estremecimiento. Ese manto simbolizaba lo más sagrado y elevado que me había sucedido en toda mi vida, además pertenecía a la diosa. Yo no podía dejar que ella se apoderase de él, no debía usarlo ni por un instante.

—¡Pero qué dices! ¡Estás loca! Eso tengo que entregarlo a la policía, no nos pertenece. Imagina si un día te ve su dueña usándolo... la esposa del profesor llevando algo robado...

—Creo que tienes razón... Pero ahora que lo pienso... ¿Cómo es posible que alguien lo haya dejado allí?... ¿Con qué vestimentas volvió esa mujer a la civilización?... ¡Es imposible olvidar eso en la playa!

Mientras conducía iba imaginando todas esas posibilidades poco gratas.

—Buena observación... Tal vez su dueña no volvió... Tal vez está en el fondo de la laguna...

Arrojó hacia mí la prenda con un grito.

—¿Y tú vas a ir a la policía a meterte en ese lío?...

—No, ahora no.

—Claro que no. Lo quemaremos en casa y tiraremos las cenizas al baño, dejaremos correr el agua y listo...

Y ante la sola idea de cometer tan abominable y desproporcionado sacrilegio, exclamé dentro del coche:

—¡Demasiado peligroso!

Comprendí que tendría que bañarme en primer lugar, y luego poner mi tesoro fuera del alcance de Bárbara, antes de ir al hotel.

Di media vuelta y me dirigí a la cabaña. Una vez allí me bañé, me restregué con jabón profusamente, pero... aquel perfume de origen extradimensional no abandonaba mi piel... ¿Sería también parte del castigo llevar ese perfume durante el resto de mi vida? Me sentí destrozado. ¿Qué hacer? ¿Explicarle la verdad a Bárbara? Imposible, querría destruir el manto, y yo prefería morir que cometer un acto así. ¿Esconder la tela y alegar no saber el origen del perfume, negarlo hasta la muerte? Podría ser, pero ¿dónde encontrar un escondite permanente para la prenda?

—¡Musco! —exclamé alegre.

Sólo mi amigo nativo podría ayudarme, sólo a él podría confiarle aquel manto sagrado sin necesidad de contarle toda la historia y sin que él abriese la boca ante nadie. Es cierto que esto iba a requerir más tiempo, pero miré la hora y, conociendo a Bárbara, comprendí que tendría que estar ya profundamente dormida, y así permanecería hasta bien entrada la mañana. Poco importaba a esas alturas llegar una o dos horas antes o después. Busqué en la cocina de la bien equipada cabaña y encontré un rollo de gruesas bolsas de plástico. Metí el manto en una de ellas, y a este paquete dentro de otra y otra y otra, y luego lo sellé todo con cinta adhesiva.

Camino a la reserva, con el herméticamente protegido manto a mi lado, el bendito aroma llegó a mi nariz con gran intensidad. Olí el envoltorio. El mágico perfume había penetrado todas las bolsas, impregnando mi coche con aquella fragancia. Me detuve, abrí las ventanillas y deposité el paquete en el maletero, rogando que el hechicero y persistente efluvio no dejase también el auto perfumado para siempre. En caso contrario, la situación iba a ser todavía más difícil ante Bárbara. Y tal vez hasta la oficina de alquiler de automóviles me exigiese algún tipo de compensación.

Esperaba que el jefe Musco no se hubiese ido a alguna isla vecina, como solía hacer, y que no estuviese todo el mundo durmiendo en la reserva.

Al llegar al portón de madera y alambres de la entrada, custodiada por los tótems tribales en sus flancos, hice sonar el claxon. Ladraron los perros y pronto apareció una figura lenta y añosa con una linterna en la mano.

—¿Está el jefe Musco? —pregunté, asomándome a la ventanilla.

—No está. Fue a la isla Pautí —dijo un hombre mayor, tratando de identificarme con la mirada. Pudo haberme iluminado el rostro con su linterna, pero eso es para ellos una agresión que sólo los blancos serían capaces de cometer. Al contrario, la apagó para tratar de descubrirme mejor bajo la luz de la luna.

—¿Eres Lucas?

Entonces reconocí al abuelo de Musco, y recordé que él también tenía la misma herida de amor que yo en el alma.

—Sí... Hola, Catú.

Bajé del automóvil para saludarlo, como se debe hacer con esa gente afectuosa y cálida. Al abrazarlo me miró espantado.

—¡Qué perfume es ese! –no preguntó, exigió saber. Y yo tenía muy claro que a ellos no les puedes mentir, pero te respetan cuando no quieres hablar.

—No te lo puedo decir, lo siento, Catú.

Él tuvo un presentimiento, encendió la linterna, apuntó hacia mi rostro, cosa que sólo una muy poderosísima razón justificaría hacer, y vio algo allí. Su mirada se iluminó. Apuntó hacia su propio rostro, se señaló una larga y profunda arruga vertical en su mejilla y me dijo:

—¿Ves esta línea?

—Sí.

—Es un reflejo en el rostro de la herida de amor que deja en el alma el encuentro con «ella».

Puso la linterna en mi mano y me indicó que mirase mi rostro en un espejo exterior de mi automóvil. Lo hice. Constaté con pesadumbre que en mi mejilla también se estaba formando ese triste surco.

Permanecimos unos instantes mirándonos en silencio.

—Las heridas que se comparten duelen menos... –dijo después.

Me estaba invitando a conversar. No supe qué responder al principio, pero luego comprendí que aceptar su invitación sería lo más adecuado. Así podría aliviar un poco mis penas, y saber algo más acerca de la princesa, al enterarme de cómo fue su propio encuentro con ella.

—Tienes razón, Catú.

—Entonces vayamos a conversar adentro –dijo, abriendo el portón.

Caminando delante de mi auto me condujo por una senda distinta a las que yo conocía. Me resultó evidente que me llevaba a algún lugar más privado para evitar que el resto de la tribu nos interrumpiese, porque divisé al fondo, tras unos matorrales, a varios hombre reunidos todavía en torno a una fogata.

Llegamos frente a una choza humilde. Se detuvo, me la señaló con la mano. Bajé del coche. Él tenía una mirada que denotaba gran orgullo.

—En esta casa fui concebido —me dijo con una sonrisa ancha al hacerme el alto honor de invitarme a entrar. Yo se lo agradecí emocionado, conmovido una vez más al constatar la extraña capacidad de ese noble pueblo de rodear de un halo de cariño, respeto y dignidad cosas que para nosotros resultan tan insignificantes, como una choza, un vehículo destartalado, un árbol, un paraje, una roca, una vieja olla.

Alguna vez entendí que eso se debe a que ellos viven en mayor medida que nosotros en una suerte de atemporalidad, en donde nada muere para siempre, en donde todo lo que alguna vez sucedió continúa ejerciendo su influencia vital sobre el presente de manera imborrable, trascendiendo el tiempo y la muerte. Una vieja olla es sagrada porque gestó el alimento de sus antepasados, porque vio tantas reuniones del amado pueblo, porque se enteró de tantas historias, de tantas luchas, de tantos dolores y alegrías. Es sagrada porque está henchida de mil manifestaciones del amor, igual que aquel recodo que vio pasar al abuelo del abuelo, que cobijó el furtivo romance de los ancestros, y aquel árbol, y aquellas piedras, y aquel arroyo, y aquel florido sendero.

Todo aquello que ha sido tocado por la caricia del amor permanece vivo eternamente, porque el amor es la eternidad y la vida misma, y esto lo puede sentir con claridad un pueblo que ama; por eso, lo que rodea o rodeó amorosamente a su gente despierta su veneración y cuidado, y es invitado con respeto a integrarse a su presente. En cambio, a nuestra civilización no la mueve lo eterno sino lo transitorio, y por eso para ella todo es desechable. Y así, cual nuclear cerebro henchido de microchips y dólares, con garras de plástico y dientes de cromado acero, traga, tritura y desecha para siempre lo que tiene valor imperecedero: sudores imbuidos de ilusiones del alma, sueños de amor, tradiciones vernáculas, historia, rituales, fe, dignidad, sacralidad; todo. Y a cambio de la codiciosa profanación, sólo deja desechos, sucios y contaminantes restos, despojos, basura, muerte; porque lo que no nace del amor, nace y permanece para siempre en los fríos pabellones de la muerte.

Tras la Ceremonia de la Amistad, sentados cada uno sobre una piel de zorro, frente a frente, a la luz de una débil lámpara de queroseno, me dijo sin más preámbulos:

Ella sólo puede aparecer en noches de luna llena, como esta. Conocí su estremecedor perfume, el mismo que aún te impregna, y tu rostro exhibe la herida del amor. Lo siento por ti. No podrás ser feliz nunca. Yo tampoco lo fui, debido a eso no me permitieron ocupar el cargo que me correspondía como jefe de la tribu, ni yo lo quise. Por la tristeza de mi alma designaron a mi hijo, al padre de Musco, quien hoy acompaña a nuestros ancestros en las Islas de la Eternidad, como bien sabes.

—¿Y qué tiene que ver la tristeza con el hecho de no poder ser jefe?

—Todo. El jefe es el alma de su pueblo. Un jefe triste llevaría pesares a su tribu. Un jefe deshonesto llevaría deshonor a su gente. Un jefe cobarde llevaría humillación y debilidad a su clan. Si la cabeza está mal, todo el cuerpo está mal.

No quise responderle nada, pero pensé qué distinto sería todo si nuestros gobernantes fuesen elegidos conforme a esos criterios... Pero bueno, como insinuaba el jefe Seattle, ellos son así porque son unos salvajes...

—¿La besaste? —le pregunté.

Allí recordé que antes, cuando él quería voluntariamente contarme su mágica aventura, yo, creyendo también que serían «cosas de indios», no le prestaba la debida atención. Y ahora me moría por conocer todos los detalles...

—No... No la besé —respondió Catú, mirando hacia el suelo con tristeza—. ¿Y tú lo hiciste?

—No, yo tampoco.

Una chispa de luz se encendió en sus ojos al ver que yo accedía por fin a confesar mi sobrenatural encuentro.

—Nosotros sabíamos que pronto alguno la vería, las señales así lo indicaban, aunque no imaginé que esta vez sería un blanco... Tú eres especial, Lucas, por eso te ganaste la confianza de nuestro pueblo y la de la princesa.

Esas palabras me hicieron recordar mi ofensa, la que me acarreó la pérdida de su confianza... y de su amor. Permanecí en silencio sin mirarlo. Cuando me recobré pude preguntarle:

—¿La ofendiste tú de alguna manera?

Pareció aún más triste. Aspiró el humo de su pipa y respondió:

—Sí.

—Dudaste de ella... —afirmé, conociendo ya algo de los principios de honor de la Dama de las Aguas.

Se tomó un rato antes de responder.

—Los mortales no estamos a la altura de los dioses, Lucas. Pensé que sería una extranjera queriéndome engañar. Leyó directo de mi mente mis torpes dudas, entonces desapareció de mi lado...

Era la ocasión de confesarme. Esperé acumular valor y claridad antes de hablar.

—Yo también dudé, Catú, pensé mal de ella y de los pahos, creí que se habrían puesto de acuerdo... y también fue entonces cuando desapareció. Luego lloré desolado, de amor... y, sobre todo, de vergüenza. Quiero pedirte perdón por haber dudado de tu pueblo –le manifesté con respeto y sumisión.

Él se conmovió. Se acercó para aferrarme los brazos mientras me miraba con intensidad.

—Estás disculpado, Lucas. Esas lágrimas de vergüenza lavaron tu ofensa a los pahos, y esta confesión sincera reafirma nuestro cariño y confianza hacia ti.

Consideré aquello como un inmerecido regalo. Nuevamente se humedecieron mis ojos, de alivio y alegría esta vez. Una sombra de culpa había abandonado mi alma.

—También yo lloré arrepentido aquella noche, Lucas, aquella y muchas otras noches...

Y la última vez que la viste, ¿cómo fue?

Catú aspiró una bocanada de humo, haciendo memoria.

—Ella caminaba desde la orilla hacia el agua. Lo último que estos ojos contemplaron fue la tela de su precioso vestido hundiéndose con ella, y nunca más la volví a ver; nunca más –respondió, con la mirada perdida en un punto inmaterial del aire de la choza.

El corazón me dio un vuelco de alegría. ¡Él no la había visto desnuda! ¡Tampoco recibió su prenda de vestir! Ni siquiera una mirada de despedida... ¿Sería aquello un regalo especial para mí? ¿Sería aquel perfume persistente una señal, un vínculo de amor?

—¿Y su aroma quedó impregnado en ti?

—No lo recuerdo, pero creo que no. Pienso que en pocas horas abandonará tu cuerpo, Lucas.

—¿Y cómo fue el encuentro de otros hombres con ella?

—Los inmemoriales relatos los describen muy semejantes, Lucas. No ha aparecido aún el elegido, ¿el que no dude de ella tal vez? Dice la leyenda que cuando llegue tendrá la dicha de contemplarla desnuda y recibirá su vestido como muestra de su amor eterno...

De regreso hacia el camino que rodea la isla, mi corazón saltaba de alegría. A pesar de mis dudas, ella o el Universo habían querido que fuese yo el hombre señalado, o estaría cerca de serlo.

La herida de amor se me transformó en la fuente de mi dicha. Mi rostro en el espejo se mostraba perfectamente liso ahora, la oscura marca de la tristeza había desaparecido. Feliz por un lado, y con un terrible drama por otro: yo era un hombre casado que amaba a su esposa...

Tenía ahora la posibilidad de conseguir un privilegio que cualquier varón soñaría, que daría el alma por obtener: el amor eterno de la princesa de la laguna, la mujer más cautivadora, fina y sabia del planeta, sí, pero... ¿y mi mujer?

Yo no era creyente, pero no me quedó más remedio que confiar en que alguna mano estaría guiando los acontecimientos.

Y otro problema, muy concreto y puntual, me robaba la calma: me era imprescindible ocultar en alguna parte aquel perfumado y precioso tesoro, ¿pero dónde?

Por delicadeza no conté a Catú el final de mi historia, tal vez le hubiera causado dolor saber que yo recibí un privilegio que él no había conseguido, y no me atreví a herirlo. Debido a eso mismo, no pude dejar custodiado por él aquel manto, porque por su aroma hubiese comprendido de inmediato la sagrada maravilla que se ocultaba tras el plástico. Pensé en ir al aeropuerto y guardarlo en una de esas consignas que funcionan con monedas, pero eso me pareció demasiado arriesgado, cualquiera podría tener una copia de esa llave. Barajé la idea de comprar una maleta pequeña, guardar allí el paquete, registrarme en un hotel y... No, mucho enredo.

Al llegar al camino principal no sabía si tomar hacia la derecha, la dirección de mi cabaña, o hacia la izquierda, en donde estaban el aeropuerto, la ciudad principal, el hotel y Bárbara. Me detuve a meditar un poco.

Una pálida chica de *shorts* blancos, ceñida blusa playera color naranja, zapatillas de lona, pelo largo y negro, como el color de sus ojos, apareció cerca de mi ventanilla con una sonrisa amplia y alegre haciéndome el clásico gesto con el pulgar, pidiendo que la llevara. No me pareció extraño porque en la isla la juventud se divierte a veces durante toda la noche y suele quedarse sin dinero con mucha frecuencia.

—Te llevaría –le dije sonriendo–, el problema es que no sé si ir a la derecha o a la izquierda.

Ella no abrió la boca, sólo sonreía contemplándome fijamente. Al mirarla con mayor atención hice un descubrimiento que me paralizó: ¡Esa joven era igual a la princesa de la laguna!, pero sus ojos no eran de color turquesa sino negros, maravillosamente negros y encendidos.

Se aproximó a mi ventanilla, inclinándose un poco para que su rostro quedase muy cerca del mío. Su estremecedora belleza casi me hace perder el aliento.

—Se ha terminado el hechizo; ya no soy prisionera del volcán.

Permanecí mudo largos instantes, contemplándola arrobado, disfrutando de esa mirada profunda que parecía irradiar alguna clase de amor sobrenatural. Cuando fui capaz de hablar, le pregunté balbuceando:

—¿Y... y el color de tus ojos?

Ella continuó serena, bañándome con la luz de su mirada, hasta que finalmente dijo:

—Si no hay hechizo no hay más color mágico, ni en la laguna ni en mí. Ahora soy un ser humano.

Capítulo 6

Contacto con
la vida

Entró en el coche, se sentó, cerró la puerta, se acercó a mí y me dio un espontáneo beso en la mejilla. Ese simple e inocente beso tuvo la virtud de transportarme mucho más arriba de donde me había llevado horas antes el contacto con su tibia mano.

«Si eso me produce un infantil besito suyo, entonces qué no podría hacerme un beso de verdad»... –pensé.

—La gloria –afirmó, cerrando sus ojos sensualmente.

No dudé que había leído mi mente, ya nunca más, aunque mis ideas danzaban vertiginosas y fuera de control, igual que mis emociones y mis nervios. Ella respiraba algo agitada, por lo que comprendí que también estaba muy emocionada, y feliz además. Cuando poco a poco me fui habituando al milagro que allí estaba teniendo lugar y pude serenarme un poco y pensar con mayor claridad, me resultó extraño que pudiese practicar sus artes telepáticas conmigo, siendo ahora una simple mortal, como afirmaba ser.

—Ahora eres humana... pero también percibes lo que pienso...

Sonrió, meditó unos instantes y luego dijo:

—No me es tan fácil como antes, pero pensaste en un beso mío de una forma tan... «estridente»... —añadió, y sonrió.

Era la misma, la princesa de la laguna, pero al mismo tiempo, algo había cambiado: ahora irradiaba mucha mayor dicha, aquella sombra de tristeza ya no estaba.

—Ya no tengo motivos para no ser feliz... al contrario... —confesó observándome con cariño.

«¡Se entera de todo lo que pienso!»...

Sonrió.

—No hay nada malo en ello, pero no me entero de todo ahora, no como antes.

—¿Por qué?

Se acercó hacia mí.

—Un joven cuerpo... de tibia carne... y un corazón henchido de amor... esto es un campo de muchas batallas que me... desconcentran.

Comprendí la insinuación, creo que sobre todo porque yo sentía algo muy parecido. Hubiera querido hacerle un par de millones de preguntas, pero mi cabeza y mis emociones y hasta mis instintos daban vueltas como en un carrusel desbocado. Sólo tuve lucidez para hacerle una sola pregunta, y se la manifesté con toda mi humildad y agradecimiento:

—¿Qué... me hizo merecer la bendición de tu... perdón?

Ella pareció hacer memoria, luego contestó:

—Me dolió, es cierto, pero a ti no podría dejar de perdonarte cualquier cosa.

Me ruboricé. Ella continuó:

—Ese ser especial a quien esperaba ya ha llegado: eres tú.

Sus palabras me pusieron muy nervioso, también muy feliz, pero lo disimulé. Tantas emociones se agolpaban allí para impedirme pensar con claridad, tantas preguntas, y sobre todo, Bárbara.

Sentado frente al volante, sin saber qué hacer ni adónde ir, sólo me quedó en claro que la presencia de aquella extraordinaria mujer a mi lado, tan gratamente junto a mí en mi automóvil, venía a poner algo en su lugar, a sellar algo, a finalizar una etapa, a comenzar otra. Sentí que, de alguna manera, yo también llevaba siglos esperando su llegada, y que ella siempre debió haber estado allí, a mi lado; ella, la verdadera, y no otra.

—¡Pero también está mi mujer! —exclamé con desesperación al recordarla, con mi entendimiento sumido en sombras.

Ella me tomó una mano intentando reconfortarme.

—Bárbara está bien, Lucas.

«¡Sabe mi nombre, el de Bárbara!... ¡Lo sabe todo!»...

—No lo sé todo, pero sí sé que ella cenó, tomó unas copas y se fue a la cama. Ahora está muy bien, muy contenta. No te preocupes —dijo, con una entonación de cariño en su voz y una mirada optimista.

—¡¿Contenta?!

—Muy contenta, Luc.

Yo no estaba en condiciones de dudar de nada de lo que ella me dijese, y no quise preguntarle de qué forma se había enterado de nuestros nombres, de los pormenores de la llegada de Bárbara, y cómo sabía que ella estaba contenta; cosas de seres extradimensionales seguramente, ellos podrían hacer y saber cualquier cosa, qué sé yo; pero en nuestra relación había un germen de deshonestidad, de engaño. Yo era un hombre casado. Recordando aquello, una parte mía hubiera querido enojarse con la joven de los misterios, culpándola de mi infidelidad involuntaria; si no de cuerpo, sí de alma y corazón, pero no pude mantener mi forzado esbozo de resentimiento en contra de ella, porque se volvió hacia mí entregándome una mirada que sólo decía amor, amor, amor y más amor, y entonces todo volvió a serenarse en mí... Miento: todo volvió a encenderse dentro de mi corazón bajo el influjo de esos ojos ardientes que parecían mirarme con un cariño absoluto, definitivo, sempiterno; remanente ígneo tal vez de un legado de edénicos jardines, o de más atrás aún, de antes del Verbo Creador.

En esos elevados planos todo estaba bien en mí, pero en estos me sentía culpable y muy confundido, y se lo dije.

—No te sientas culpable, Luc, todo está bien, en el Universo, en ti, en Bárbara y en mí. No te preocupes por ella durante esta noche, que es para nosotros. Tranquilo, por favor. Todo se aclarará poco a poco, todas las cosas ocuparán el lugar que les corresponden, y también comprenderás que no hubo ni hay nada deshonesto por ninguna parte, sino todo lo contrario.

Aquello me pareció casi delictivo.

—¿No es deshonesto engañar?...

—¿Es deshonesto que el ave llegue al fin a su tibio nido después de una larga jornada de frío y soledad?

Aunque esa frase removió gratamente algo en mí, no encontré la relación, pero preferí creer que era verdad, que las cosas se aclararían poco a poco, que Bárbara estaría bien y que no había nada malo por ninguna parte, porque ella sabría perfectamente lo que hacía, y me dejé llevar por el fluir de la vida sin oponer tanta resistencia ni tanta duda.

—Me alegro mucho, querido Luc...

Casi pego un salto. Me tomó por sorpresa su intromisión en mi mente.

—Me va a costar acostumbrarme a esta especie de espionaje telepático...

Ella sonrió con simpatía.

—Si quieres, lo elimino completamente.

Medité un poco.

—No, no tengo nada que ocultar, ante ti, al menos, y si examinas mis ideas podrás comprenderme y ayudarme mejor.

—Es lo que pensé, por eso lo hago.

Permanecimos en silencio largos instantes. A veces me parecía que no hacía falta nada más; que estar allí sentados, pero juntos, íntimamente unidos en alguna dimensión de nuestras almas, eso era lo único importante y lo más placentero de la existencia, aunque no mediasen ni palabras ni besos ni caricias.

Las luces de un automóvil que se aproximaban en sentido contrario me encandilaron y me devolvieron a esta realidad. Cuando se alejó dije:

—Muy bien... ¿Y ahora qué?

De pronto se puso frente a mí. Su rostro estaba a centímetros del mío. Mirándome a los ojos con intensidad, con una sonrisa provocadora en sus humedecidos labios, me preguntó divina y sensualmente:

—¿Qué tal besarnos?

Entonces me llegó la tremenda y demoledora imagen de su cuerpo desnudo brillando bajo la luna, y sentí su aliento ardiente y perfumado, su respiración agitada y su perturbador aroma de mujer. Comenzó a besarme de forma repetida en el rostro, en una incesante, dulce y tierna lluvia de besos. Cada uno de ellos tenía para mí la potencia eléctrica de un rayo fulminante. ¡Aquel huracán de amor iba a matarme!

En un desesperado esfuerzo por no sucumbir ante esas cariñosas pero asesinas urgencias, sólo atiné a abrir la puerta del coche y escapar unos pasos como un cobarde, o como un casto y fiel hombre casado, o como un imbécil; no lo supe, sólo comprendí que yo no era capaz de soportar un raudal tan grande de energías, de dulces fuerzas que me incitaban al abandono de cosas tan sagradas, tan descomunalmente contundentes para mí como la fidelidad, el compromiso y la entrega. No, por mucho que una parte de mi ser lo anhelara con locura, yo no debía ni podía abrirme a ella con todo mi ser. ¿Por qué? Por Bárbara.

Respiré profundo. De espaldas al coche miré las estrellas. Cuando estuve más calmado me di la vuelta. Ella lloraba en su asiento mirando hacia abajo. Esa imagen me partió el corazón en dos. Me acerqué, entré, cerré la puerta. La escena me resultaba cada vez más desgarradora, me hacía sentir como un canalla. Tomé su mano y la acaricié entre las mías.

—Perdóname por mi rechazo brutal –le dije, avergonzado y conmovido.

Ella no quiso o no pudo mirarme, sólo agregó:

—No... Luc... perdóname tú por ser yo tan torpe... Intenta comprenderme, por favor. Desde aquella otra dimensión pude ver mucho más adelante y atrás de este momento, y por eso sé cosas que no recordé que tú desconoces todavía. Yo sé que todo alcanzará su orden natural a su debido tiempo, pero tú no lo sabes aún; por eso, mi vehemencia debe haber tenido algo de intento de violación para ti... Discúlpame, por favor –dijo, mirándome con ojos que clamaban compasión, y aquello desde un cierto punto de vista, me pareció tan desproporcionado... ¿Cómo podía ella pedirme disculpas por mi brutal rechazo a su entrega tan amorosa y espontánea hacia mí; ella, casi una diosa, y yo un mortal del montón? Pero, por otro lado, comprendí que mis razones también eran poderosas.

La abracé con todas mis fuerzas queriendo consolar cada herida de su corazón que, segundo a segundo que pasaba, yo iba amando cada vez más. Permanecimos largo tiempo abrazados allí. Por el solo hecho de estar íntimamente unidos, nuestros corazones heridos se iban aliviando y llenando de grato consuelo.

Cuando la calma llegó a nuestros espíritus, me separé unos centímetros para observar de cerca su rostro. Al encontrarme con esa mirada amante, tan cercana ahora a la mía, me llevé un sobresalto: ¡Yo conocía muy bien a la dueña de esos ojos! Ella era un ser muy próximo a mi alma, muy querido, pero tanto tiempo olvidado... ¡Aquel amor no era reciente! La princesa se alegró de manera visible ante mi reconocimiento, su rostro adquirió la luz de la dicha, mientras continuaba penetrando mi espíritu hasta sus recónditas fuentes con la fuerza de su mirada. Yo la reconocía, y ni el color de sus ojos ni sus rasgos faciales tenían la menor importancia; no era un asunto de pigmentos ni de formas físicas, sino un reconocimiento pleno de profundos sentimientos del corazón. Se trataba de realidades primigenias, esenciales, precedentes; no supeditadas a lo manifiesto, desvinculadas de las relatividades de terrestres y cambiantes asuntos.

Ella, sin dejar de traspasarme con su mirada, me estimulaba a recordar, a hacer memoria. A veces sentía mi piel erizarse. El ser que se transparentaba en esos ojos me acariciaba desde la raíz pedestal de lo que es, desde una suerte de verdad inmanente, desde el núcleo sagrado de la existencia, y por fracciones de segundo yo creía comprender que ese encuentro de almas derramadas en una mirada mutua, definitiva y total, era la suprema quintaesencia del Universo, que eso era el Paraíso, el Todo, el Cielo, el Nirvana y el Tao. A ratos me resultaba evidente que más allá de la ilusión llamada vida o muerte, al otro lado de existencias enteras que son fugaces momentos, en olvidadas coordenadas de la consciencia, siempre habíamos estado y estaríamos eternamente unidos. Ella era ese otro yo que cuando niño me acompañaba, porque con mi contundente certeza, yo le daba vida.

Ella era esa mitad mía que, a medida que yo iba «madurando», poco a poco comencé a asesinar, a trasladar al pantanoso terreno de la duda, hasta que finalmente clausuré en mi alma la luminosa ventana de los milagros posibles.

Cedí, rendido ante los embates de la falta de alas de las mentes que me rodeaban, y que por tener el dudoso peso de la mayoría absoluta, lograron imponer en mí su falta de luz, imaginación y esperanza, como tiránica y foránea concepción de lo que es «la realidad». Una gris «realidad» que yo acepté como la única, la sensata, la normal. Es decir, actué como todos, como persona «sensata», sin ver que llamamos sensatez al temor de ser diferentes de los individuos más torpes, vulgares, insensibles y carentes de imaginación de este mundo, que son los que en definitiva nos condicionan e imponen lo que aceptamos como «la realidad», constituyendo una suerte de «tiranía de la mediocridad».

Sí, porque este mundo está lleno de policías, candados, leyes, ejércitos, documentos, armamentos, sistemas de vigilancia y perros guardianes. Pero si toda la gente fuera como soy yo, nada de eso haría falta, porque soy una persona honesta. Eso está allí entonces para otros y por causa de otros que no son como yo, los deshonestos, los seres más torpes, vulgares, insensibles y carentes de imaginación. Son ellos quienes nos han condicionado a aceptar esta «realidad» en la que el ser humano es considerado como el mayor peligro para el ser humano, y por lo tanto, como una especie de demonio que no merece más que ser vigilado... por no hablar de amores milagrosos y destinos mágicos.

Y yo acepté esa «realidad», olvidando algo muy importante: que no somos todos iguales, que en este mundo existen otros seres, personas como yo, que sin ser perfectos, al menos somos incapaces de robar o estafar o agredir; gente de bien, de honor; personas decentes.

No sé cuántos somos, tal vez una minoría ínfima, o quizás la mayoría absoluta, que no se atreve a expresarse desde el fondo de su alma y opta por fingir ser «como todos», y termina por serlo realmente. No lo sé, sólo sé que yo, sin ser perfecto, soy decente, y por eso, a pesar de no ser un hombre religioso, no necesito que me vigilen, ni desde el cielo ni desde cámaras ocultas; por lo tanto, no merezco que se sospeche de mí como si yo fuese un delincuente en potencia, porque no lo soy.

No merezco entonces la mirada adusta del vigilante del banco, centro comercial o supermercado, tampoco la del vecino ni la del caminante asustado de mí en la noche solitaria. A nadie voy a atacar y nada que no me pertenezca me voy a llevar de ninguna parte, aunque nadie me observe, porque siempre estoy yo mismo mirándome, y como soy un hombre de honor, me complace la sensación de no ver nada indigno en mí, de estar limpio de alguna manera, porque no hago daño a nadie, y esa gratísima sensación, esa ausencia de remordimiento no la vendo por porquería alguna.

No merezco la sospecha entonces, el policía y la reja no son para mí, sino para otros. Asimismo, no merezco la «realidad» del delincuente, de hecho o potencial, aquella que dice que el ser humano es una alimaña. Eso tampoco es para mí, sino para otros; por lo tanto, no debería haberla aceptado, porque al hacerlo, sin darme cuenta, acepto además todo un sistema de creencias que condiciona mi realidad, por ejemplo, que elevadas y milagrosas posibilidades son imposibles, que no están al alcance de la alimaña humana (yo incluido), que no existen; que creer en «delirios» de ese tipo es lisa y llanamente una locura, y como sólo se vuelve posible para nosotros aquello que aceptamos como posible, al no aceptar elevadas posibilidades cerramos la puerta a cualquier luminosa alternativa para nuestras vidas.

Es así como los individuos más torpes, vulgares, insensibles y carentes de imaginación de este mundo son los que en definitiva condicionan e imponen lo que aceptamos como «la realidad», y por culpa de eso, para nosotros ser «sensatos» es aceptar la tiranía de la mediocridad, «la realidad» de los individuos más torpes, vulgares, insensibles y carentes de imaginación de este mundo.

Por eso día a día, de instante en instante en nuestras vidas condenamos a sucumbir, cual mártires de un genocidio, a las mariposas de nuestros más hermosos sueños, cuyas vivificantes luces y multicolores alas caen abatidas por los crueles verdugos llamados cobardía de creer en nosotros mismos, fe mutilada, duda, y que hipócritamente camuflamos con rimbombantes caretas: sensatez, pragmatismo, realismo, sentido común, sana precaución, sano juicio, madurez... cuando no es más que traición al Ser, a lo que de verdad somos, porque lo que creemos o intuimos desde aquella iluminada zona que nos causa la mayor felicidad interior, es eso lo que más auténticamente nos merecemos y, en definitiva, somos.

Y así cambiamos el Reino por el miserable plato de lentejas de «ser como todos», lo cual nos acarrea esa indigna y falaz visión de lo posible e imposible en la que creen —y por ello merecen— los seres no decentes, y que nosotros neciamente aceptamos. Y por ello merecemos las castrantes consecuencias de esa aceptación.

Toda rata de cloaca duda de la existencia de nevadas cumbres. El cisne de las alturas no duda, porque las conoce. Pero el cisne y la rata cohabitan en nosotros.

Mejor sería entonces optar siempre, como personas decentes, como damas o caballeros, por nuestro cisne interior, y recordar que no hay una «realidad» única, sino «realidades» para ratas y otras para cisnes, y ni mencionar cerca de las cloacas lo que sucede en aquellas radiantes alturas.

¿Para qué? Dirían las ratas que eso es imposible, y tendrían razón: eso no es posible para las ratas...

Tendrían que comenzar por abandonar la cloaca para merecer saber un poco acerca de más elevadas alturas y posibilidades superiores de la existencia.

Capítulo 7

La playa bajo la luna

La abracé con fuerza, con una desbordada e incontenible lucidez. Yo la había desterrado de la zona de mis supremas realidades, sí, pero la noche del alma llegaba a su fin; ahora ella estaba conmigo y era mía, mía, tanto como yo de ella, y nada podría interponerse entre nosotros nunca jamás.

Acaricié con mis mejillas todo su rostro mientras ella me besaba minuciosa y obsesivamente, desahogando en parte humanas ansias y ternuras durante milenios contenidas, pero ahora yo no oponía resistencia a aquel dulce tifón de caricias, y muy pronto, con el corazón en llamas me vi arrastrado por una fuerza atávica o celestial, superior o anterior a mis conceptos de bien o mal, de justo o injusto, de se debe o no se debe, de compromiso o no compromiso; nada de eso tenía el menor peso ante la furia del deseo voraz, santificado por el amor, y simplemente me vi acercando mis labios a los suyos para volcar todo mi ser en el beso más absoluto y trascendente de mi existencia. Pero antes de llegar al ansiado y abrasador paraíso de su boca, como inesperada, perturbadora y estridente alarma que no cesa, una llamada tridimensional me hizo descender desde los planos sin dobleces hacia esta realidad de relojes, documentos y policía, deteniendo arteramente mi avance.

Nuevamente, el recuerdo de Bárbara, mi mujer...

¿Mi mujer? ¿Cuál era mi mujer? No lo sabía, pero impulsado por esa misma incertidumbre me retiré de manera feroz, no sin antes alcanzar a ver con pena y vergüenza sus labios entreabiertos y sus ojos cerrados, todo ello esperando la atemporalmente postergada satisfacción, merecida, digna y desesperada, del sagrado y nupcial beso primero, un beso que no fue, que otra vez no fue, que nuevamente no podía ser. Sin abrir los ojos comprendió, y se fue resignando poco a poco, en la medida que sus frustrados labios se iban cerrando. Puso su mano sobre su barbilla y boca, como meditando, la cabeza gacha y los ojos todavía sin abrir, mientras yo sólo podía estar allí mirándola, sin poder dejar de sentirme de nuevo desoladamente infeliz. Un siglo de confusión y desgarro pareció transcurrir, hasta que ella, sabia, tomando mi mano sin volverse, con la mirada aún perdida en la luz de su interior, me dijo:

—¿Sabes, Luc? A pesar del dolor, este es un momento de felicidad, este pequeño segmento de nuestras vidas es muy hermoso. Atesóralo en tu alma, paladéalo, disfrútalo, no lo olvides, no lo pierdas.

Me pareció irreverente lo que ella estaba diciendo. ¿Cómo podía pedirme paladear y disfrutar de aquel doloroso momento? ¿Esa tortura era la felicidad? Mi corazón estaba sumido en la más honda y fúnebre pena.

Ella meditó, pareciendo forzar hasta el extremo los límites de su desapego para así ponderar desde más arriba la situación, y luego añadió:

—No sólo cuando la vida nos brinda un galardón de caricias y regocijo la experimentamos en toda su plenitud, Luc; también en el dolor, también cuando el ansiado premio del alivio y el consuelo aún no llega. Si somos capaces de mirarnos desde un plano más eterno cuando nos muerde el filo del destino, también allí somos o podríamos o deberíamos o tendríamos que ser felices, Luc. Y lo somos realmente, sólo que no nos damos cuenta porque creemos que felicidad es sólo azúcar, siempre sonrisas y jolgorio; pero la felicidad está presente cada vez que podemos palpar la existencia intensamente, ya sea en la digna risa o en el auténtico y noble llanto; cuando ganamos y también cuando perdemos; en el encuentro o en la espera del encuentro. Felicidad es contacto con el milagro de la Vida, sea dulce o amargo, Luc; felicidad es cuando estamos plenamente vivos y conscientes, llorando o riendo; inquietos o serenos, y sólo cuando estamos plenamente vivos y conscientes podemos crecer, volvernos más humanos, darnos cuenta de que somos más que una piedra insensible, más que una nube que pasa y más que un fugaz e ilusorio destello que transitó por la trama de la vida con un nombre, una historia, un apellido y un incesante bullir de pensamientos desordenados en la cabeza, aunque sin apenas haber reparado en que existía.

Ella tenía razón, sí, como siempre; aquel momento tenía la intensidad y el sabor del contacto casi brutal con la vida, un colosal contacto en este caso, por más que fuese doloroso, por más que negase la satisfacción de impostergables ansias; allí también estaba la felicidad, especialmente ahora, cuando me daba cuenta de que no me oponía. Entonces valoré en todo su trascendente significado aquella situación tan aparentemente ingrata que la vida nos ofrecía; pero desde otro punto de vista, practicando el arte de morir al pasado y nacer al presente... Nosotros dos estábamos viviendo momentos tan intensos, tan fuera de ordinarias realidades, tan irrepetibles, y por lo tanto tan bellos. El dolor se volvió dulce cuando pudimos paladearlo así, allí dejó de ser dolor, desapareció, se fue, dando paso a un plácido y sereno, comprensivo y sabio regocijo de existir, de saborear la extraordinaria caricia de la vida en medio de una paciente y comprensiva espera.

El tiempo pasó, estábamos ahora reconfortados y tranquilos. Afectuosa y humildemente preguntó:

—¿Me llevarías al volcán?

Volví a este mundo. Me pareció tan extraña su solicitud.

—¿Al volcán?... ¿Te has pasado milenios allí y quieres volver?

—No es lo mismo, algo ha cambiado, todo ha cambiado. Quisiera despedirme... por favor...

—Sí, por supuesto.

Cuando puse en marcha el vehículo se mostró contenta como una niña. Miraba el paisaje bañado por la luna como quien disfruta de cada matiz, de cada imagen, de cada sensación interior que éste le provocaba. Se volvió hacia mí con una mirada alegre.

—¡Es muy divertido ir en coche, Luc!

Yo me puse a reír por su ocurrencia, pero en el fondo lamentando estar tan acostumbrado al automóvil, que ya no le encontraba ninguna magia. Ella sí, ella conservaba toda su frescura de alma, y además era la primera vez en su vida, en una vida de eones, que iba en automóvil...

—¡Es algo extraordinario ser humana! —rió alegre.

Sus palabras me parecieron casi absurdas. La mayoría de la gente sólo aspira a convertirse alguna vez en algo más que humano, en un ángel del cielo, en un ser capaz de dominar ocultos poderes, en alguien perteneciente a un nivel más elevado de existencia, y ahí estaba a mi lado un ex ser extradimensional, feliz de haberse convertido en un simple ser humano...

—Me pregunto cómo puedes sentirte feliz de ser ahora una persona normal, mientras que casi todos sólo desearían transformarse en un ser espectacular, como lo eras tú... ¿Por qué te gusta ser humana?

—Porque la vida es más intensa, claro.

—¿Lo es?

—Por supuesto.

—Mmmm... Interesante. Sin embargo...

—Puedes experimentar un contacto más potente con la existencia, pero a condición de que seas capaz de darte cuenta.

Pensé un poco, saqué conclusiones y protesté:

—¡Lo que me estás diciendo es espantoso!

—¿Por qué?

—Porque estás insinuando que los seres inferiores, como nosotros los seres humanos, son mejores de algún modo que los seres más avanzados...

—Ah... No, yo no estaba en un plano más alto de existencia, Luc. Aquello era un hechizo. Yo no era libre, y sin libertad no hay verdadera elevación ni verdadera condición humana. Es cierto que tenía algunas características fuera de lo común, tales como la inmortalidad, la telepatía, la clarividencia; podía materializar o desmaterializar mi cuerpo y cosas así, pero físicamente no podía salir del interior de la laguna más que ciertas noches de luna llena, y siempre que no hubiese indeseados humanos por allí. Estaba terriblemente sola, milenariamente sola esperando el amor; no podía ser feliz, pero tampoco era capaz de ser infeliz.

—¿Por qué?

—Porque no era yo, sino apenas un lejano reflejo de lo que realmente soy. Era casi un zombi, un zombi sabio, por si no te diste cuenta; en cambio ahora soy un ser humano, estoy viva... ¡Estoy viva! —exclamó con alegría. Abrió la ventanilla y cerró los ojos para disfrutar mejor de la caricia de la brisa en su rostro. El viento hacía ondular sus cabellos azabache.

Tenía razón, había una gran diferencia entre aquella adorable dama extradimensional de la laguna y esta igualmente adorable y vivaz mujer que me acompañaba. La primera, aunque rotundamente hermosa, estaba rodeada por un patético halo, su ser parecía sumido en lontananzas fantasmales, mientras que esta bella joven era mucho más cercana a mi alma, más tibia, con ganas de vivir... demasiadas para mí a veces...

—Yo era capaz de saberlo casi todo, Luc.

—¡Casi todo!

—Sí, al menos aquello que está al alcance de la comprensión humana.

—¿Y ahora?

—También.

—¡Guau!... ¡Qué feliz me haría a mí saber todo eso!

—No creas.

—¿Por qué?

—Porque con sólo conocimiento no basta para conseguir la felicidad, Luc. Si tuvieras acceso a la mayor biblioteca del Universo, ¿te haría eso feliz?

—Bueno, creo que no; pero me alegraría bastante despejar tantas dudas, tantos misterios...

—Muchos quisieran saber todo lo que tú sabes, creyendo que eso les hará felices, y no es así. La mera información no es la fuente de la dicha.

—Puede que no... ¿Qué más hace falta?

—La capacidad de poner en práctica lo que se sabe, y eso es cosa de ejercitarse, de vivirlo, de intentarlo y fallar, y volver a intentarlo y rectificar; en fin, practicar, vivir, y sólo así «sabemos» de verdad. Si conocemos el mapa de un lugar y no conocemos el lugar...

—Tienes razón.

De pronto me parecía tan irreal lo que me estaba sucediendo, tener a mi lado una hermosa y amante mujer que estaba saliendo de milenios de soledad en un extraño hechizo...

—¿Cómo era tu vida allá, bajo las aguas?

—Triste, porque no tenía esto que ahora para mí es todo un lujo: la libertad de ser yo misma. Mis emociones eran mínimas, transcurrían como en un pálido sueño, como a la espera de la llegada de la verdadera vida; pero en cambio, mi razonamiento era preciso y mi lucidez absoluta, por eso mismo no podía crecer, porque era incapaz de cometer errores, igual que un cerebro electrónico. Ahora sí que los cometo, como hace un momento en este vehículo, pero así aprendo, así crezco.

—¿Cómo puedes aprender, si dices que lo sabes casi todo?

—Me refiero a aprender esas cosas que no están en los libros, como la sensación del viento en el rostro, como conocer y respetar los tiempos y las emociones del otro, como manejar necesidades del alma dentro de un humano y ansioso cuerpo. No es fácil, pero por eso mismo es tan hermoso. Ser humano es algo fantástico.

Por primera vez en mi vida me sentí bien por ser apenas humano; entonces le gasté una broma:

—¡Bienvenida al mundo de nosotros, los seres espectaculares del Universo! —nos reímos.

Al llegar a la cumbre del Manoa salimos del automóvil y nos dirigimos hacia la orilla de la laguna. A pesar de que sólo la luna iluminaba el lugar, de inmediato comprendí que el color de esas aguas ya no era el mismo; había perdido esa magia, esa especie de halo fosforescente verdoso que la revestía de irrealidad y misterio. Comenzamos a rodear la laguna caminando por sus abruptas orillas, decoradas de matorrales y rocas. Ella, conmovida, como si fuese la primera vez que recorría el lugar, miraba con emoción las aguas.

—Yo creía que no era infeliz mientras estuve aquí, Luc... Me equivoqué. Fui muy infeliz, pero no podía darme cuenta de eso porque no conocía otra forma de vivir más que aquella, y porque mis sentimientos estaban anulados.

—Lo siento mucho.

—Es sólo ahora, contigo a mi lado, ahora que sí soy completamente feliz, cuando me doy cuenta de que eso no... era... vida. Su voz se fue quebrando por la emoción.

—Aquello era... muy... trist –y se puso a llorar desconsoladamente en mi pecho, mientras yo procuraba confortarla entregándole mi cariño, besando su hermoso y terso rostro, bebiendo sus lágrimas, estrechándola con todas mis fuerzas. Imaginé qué triste debió haber sido para una pobre chica aquella soledad secular que tuvo que soportar, soledad y soledad y soledad siglo tras siglo, y se me partió el alma, y lloré con ella, pero al mismo tiempo me sentía feliz porque la pesadilla había terminado, esos fríos pasillos solitarios del hermoso palacio sumergido, nunca más; nunca más esas blancas columnas de alabastro carcomido, tapizadas de algas silenciosas. Ella no volvería a sentarse más al borde de esas fuentes muertas, sin los pececillos de otrora, que la extasiaran en su lejana niñez. No conversaría nunca más en soliloquio con esas impávidas estatuas de dioses del olvido, bañadas por la sola luz de sus ojos turquesa. Terminaba allí aquel deambular por esos antes lustrosos baldosones, ahora cubiertos de moluscos petrificados y légamo, por cuyos geométricos diseños, ella se inventaba fabulosas odiseas infantiles cuando era una niña. Todo aquello, nunca jamás.

La brisa cálida de la noche nos conectaba con la verdadera vida, todo un regalo poder sentirla en mi piel después de tantos milenios de frialdad acuosa, y el privilegio inmenso del ser amado palpitante y tibio a mi lado se me transformó en una bendición universal, en la gloria.

Sólo bastante después comprendí que las imágenes que llegaban a mi mente eran absurdas, que yo no era ella, sin embargo había tenido la sensación de conocer todo lo que ella había vivido, más que eso, de haber sido ella misma.

—Porque somos uno, somos lo mismo –dijo, abrazándome.

Desde alguna inexplicable dimensión de mi consciencia no dudaba de que así era, pero por otro concreto lado, nada de aquello era digerible para un científico como yo, aunque ya no me importaba demasiado. Yo era otra cosa en la milagrosa isla Sands. Y al mismo tiempo, no. Mi ser saltaba de una a otra realidad sin solución de continuidad. Me podría volver loco, a menos que tratase de imponer a la magia ignota de la vida mis conceptos de lo que debe o no debe ser la realidad.

Escalamos hasta la roca donde ella, cuando era la princesa extradimensional, se había desnudado y luego zambullido en las aguas, provocándome el mayor placer y dolor de mi vida al mismo tiempo. Nos sentamos en la piedra volcánica.

—Qué distinto es andar por aquí como un ser humano, acompañada por el ser amado –suspiró, valorando el momento.

—Lo sé –opiné, porque yo conocía plenamente sus sentimientos, y también sus patéticas vivencias bajo aquellas aguas. La estreché contra mi cuerpo.

—Me gustas mucho más ahora que eres mortal...

Se quedó pensativa, luego me miró como sorprendida.

—¿Mortal?... ¿Yo?

—Bueno... ¿No habíamos quedado en que ahora sí que lo eres?

—No. Humana, sí; mortal, no –dijo, y me quedé muy confundido por su insólita afirmación.

—¡Pero los seres humanos morimos!...

—Sólo mueren quienes desconocen ciertos secretos que yo aprendí bajo las aguas. Yo no moriré jamás.

Aquello era demasiado para mí. Nunca más podría dudar de su cordura, eso estaba claro, lo más probable era que el loco fuese yo, pero aceptar eso... A menos que...

—¿Te estás refiriendo a «vida después de la vida»?

—Me estoy refiriendo a vida eterna sin ir a parar al cementerio, en este mismo cuerpo inmortal.

—¿Cuerpo inmortal?... Eso no es humano. Perdona el feo ejemplo que te voy a poner, pero... ¿Quieres decir que si aparece un loco y te atraviesa el corazón de un balazo, tú no morirías?

—Si yo permito que eso ocurra, puede que sí, no sé; no puedo imaginar algo tan imposible.

—¿Por qué imposible?

—Porque eso no está en el guión de mi vida, no lo decidí ni lo voy a decidir. Yo no permitiría que algo así me sucediese. Nadie me va a atacar, no estoy loca para crearme una historia tan espantosa.

—¿»Crearte una historia»? ¿Estás sugiriendo que uno mismo crea la historia de su vida?

—Y de su muerte...

—¿Insinúas que toda la gente que ha muerto se «eligió» ese destino?

—Naturalmente. Todos ellos han recibido el resultado de la aplicación de sus poderes creadores, dentro de la libertad de escoger que los seres divinos tenemos. Cada uno de ellos se eligió minuciosamente su destino.

Capítulo 8

Un nuevo modelo de Universo

En lugar de protestar por sus curiosas afirmaciones, le pedí que me dejase pensar unos momentos en silencio para ordenar mis ideas, a lo que ella accedió comprensivamente. Allí, bajo la luna, dentro del cráter del volcán Manoa, entendí claramente que, a pesar de que yo tenía dos millones de interrogantes que plantearle, sus respuestas no me iban a servir de gran cosa, porque no me iba a ser fácil comprenderlas, y decidí dejar que la vida fluyese por caminos distintos a los del razonamiento y las respuestas metafísicas. Tomé su mano y acaricié su pelo, ella se apoyó en mi pecho.

—Soy muy feliz –dijo.

—Y cuando yo logro detener mi cabecita, olvidar a Bárbara y simplemente disfrutar de estos momentos, yo también lo soy.

Poco después propuso que fuésemos a la playa de la isla, junto al mar. Acepté. Realizó una especie de ritual de despedida ante las aguas de la laguna y luego subimos al coche. Durante el trayecto, ambos en silencio, jugueteó con el viento y devoró con la vista todo cuanto encontraban sus ojos.

Llegamos a una playa que estaba lejos de cualquier pueblo, descendimos del coche y caminamos hacia el mar. Cuando estuvimos más cerca nos descalzamos, ella corrió bajo la luna llena hacia el suave oleaje con los brazos abiertos, como queriendo abrazar el océano, aspirando profundamente el aire marino.

—¡Cuánta belleza! —exclamó fascinada, caminando feliz por entre las pequeñas olas que acariciaban la playa, mientras yo, de pie en la arena, me extasiaba simplemente contemplándola a ella.

En un momento quise llamarla, allí recordé que yo aún no sabía su nombre.

—Princesa.

Se volvió desde la distancia y vino hacia mí pronunciando nombres, algunos de ellos con sonidos que me parecían muy extraños:

—Ileana, Elena, Helen, Ilona, Eileen, Eliana, Helena, Elina, Alina, Ilonka, etcétera; todos esos nombres significan lo mismo en distintos idiomas, Luc; también El-Anya, en una desaparecida lengua que dio origen a muchas otras que se hablan hoy en este mundo.

—Y que era la tuya propia...

—Así es.

—O sea que tu nombre es El-Anya...

Ella se rió de mi forma de pronunciarlo.

—Pero si en tus labios va a sonar así, es mejor que elijas cualquier otro de los que he mencionado, porque cada uno de esos rótulos corresponde al nombre que me elegí yo misma por afinidad vibratoria.

—¿No lo eligieron tus padres?

—No. En aquella civilización los padres te ponían un nombre transitorio, pero cuando llegas a cierta claridad de consciencia, debes elegir tú mismo el nombre que mejor te resuene internamente.

Aquello me pareció fantástico, porque implica un grado mucho mayor de respeto que nuestro sistema, ya que aquí debes usar un nombre toda tu vida, y nadie te preguntó si te gustaba o no.

—Escoge el que te guste más entre los que te he relacionado, pero recuerda que esos sonidos no son mi ser real; no olvides lo que sentiste que soy para ti en nuestro primer encuentro. «Como si ello fuera posible».

—Elina, me gusta Elina —dije, paladeando aquel curioso nombre entre mis labios—. Además se parece bastante a El-Anya.

Se alejó hacia la orilla, tomó una rama y dibujó algo en la arena húmeda.

—Ven a ver.

Un gran corazón encerraba los nombres Lucas y Elina.

Quise abrazarla, pero se escabulló.

—¡Si me alcanzas! —dijo entre risas y echó a correr. Yo salí persiguiéndola, como regresando a la infancia. Cuando la iba a atrapar, ella me esquivaba y se reía como una niña burlona al ver mi torpeza, la que nos hacía caer al agua a veces a mí o a ella, y luego nos ayudábamos a ponernos de pie, y continuaba mi persecución.

—¡Ya verás cuando te atrape!

Yo fingía ser un ogro furioso mientras ella simulaba sentir pavor de mí, y corríamos, y jugábamos, y caíamos jubilosos sobre el agua, sobre la arena, y seguíamos corriendo como regocijadas criaturas.

En un momento dejó que yo la alcanzase. Cuando la tuve entre mis brazos se volvió hacia mí diciendo:

—¡Ahora voy a besarte en la boca! —y quiso tomarme por la nuca y besarme a la fuerza, y esta vez fui yo quien salió corriendo, fingiendo estar despavorido, o tal vez estándolo de verdad, por temor a ser infiel.

Al final terminamos jadeantes y encantados de vivir. Me tendí en la suave arena. Ella, de pie a mi lado, se veía alta como un monumento.

Mirándome con sensualidad evidente en sus ojos y entonación de voz, dijo:

—Mis *shorts* se han mojado. Me voy a desvestir para que se sequen... –y llevó sus manos a los botones de su pantaloncito.

Allí recordé otra vez su desnudez, y no pude evitar imaginar ese cuerpo bien contorneado y suave, cubierto por minúsculas prendas interiores seguramente, y sentí temor de sucumbir.

—No, no lo hagas...

Se puso a reír.

—¡Era una broma!

—¡Qué lástima! –bromeé yo también, y reímos juntos.

Se recostó a mi lado. La brisa cálida secaría con rapidez nuestra ropa, apenas húmeda. Tomados de la mano, nos quedamos en silencio un buen rato mirando las estrellas y la luna, que resplandecía perfectamente redonda y clara sobre nosotros.

De pronto, fuertes luces comenzaron a iluminar la playa nocturna allí en la orilla, a lo lejos. Ruidos de motores y gritos eufóricos arruinaron la magia de la noche.

—Oh, oh... –exclamó Elina mirando seria hacia los focos que se aproximaban.

—¿Qué pasa?

—Problemas. Motociclistas drogados y borrachos... Pero no tengas miedo, Luc.

Algunos venían por la arena húmeda, otros directamente por entre las olas más bajas, lanzando chorros de agua hacia los costados, gritando como posesos. Cuando ya casi estaban sobre nosotros, ella me pidió que nos pusiésemos de pie. Así lo hicimos.

—¡HEY, MIREN LO QUE HAY POR AQUÍ... PALOMITOS ENAMO-
RADOS!...

Los motociclistas, unos catorce, entre gritos destemplados,
imitando tal vez a los pieles rojas de las películas, nos rodearon
en un infernal círculo de motos que giraba en torno nuestro
como un siniestro carrusel de encandilantes focos amarillos y
rojos y ruidos ensordecedores.

—Mantente sereno, Luc –me pidió ella hablando fuerte en
mi oído, y yo traté de hacerlo, hasta que de pronto una lata de
cerveza semivacía me pegó en una ceja, luego otra me dio en la
espalda, mojándome.

Entonces, desesperado, con los puños crispados grité con
todas mis fuerzas:

—¡BASTA YA!

—¿NO TE GUSTA LA CERVEZA, QUERIDO? ¿PREFIERES EL PIPÍ?
¡EH, MUCHACHOS, ESTE PALOMITO DICE QUE QUIERE BEBER PIPÍ!

—¡ENTONCES DÉMOSLE LO QUE LE GUSTA, JA, JA, JA!

Se detuvieron, dejaron caer sus motos sobre la arena, con
los faros apuntando hacia nosotros y los motores encendidos,
comenzaron a acercarse mientras algunos se llevaban las manos
hacia los cierres de sus pantalones.

Observé por el rabillo del ojo que Elina cerraba los ojos
como concentrándose en algo, y en esos instantes se oyó un ruido pavoroso que provenía del mar. Todos miramos hacia el lugar
y vimos emerger de las aguas un enorme monstruo, una especie
de dragón luminoso de feroces fauces abiertas y poderosos col-
millos, que se vino volando directo hacia nosotros a una velocidad terrible, emitiendo un agudo y potente sonido que helaba la
sangre. El ruidoso batir de sus grandes alas provocaba verdade-
ras tormentas de polvo de playa y gotas de mar.

Cuando pasó a centímetros de nuestras cabezas, todos los hombres se tiraron a la arena para evitar ser devorados. Yo también

quise hacerlo, pero ella me lo impidió sujetándome del brazo con firmeza, disimulando apenas una sonrisa pícara en su rostro. Fue entonces cuando comprendí que era ella misma la causante de lo que estaba sucediendo, y que de alguna manera estaba tele-dirigiendo aquel monstruo volador, fuese lo que fuese en realidad. El ululante espanto había dejado una estela de viento y arena. Se alejó ascendiendo hasta unos cien metros de distancia y de altura, se detuvo unos instantes en el aire, aleteó más fuerte y cayó en picado de nuevo, directo hacia nosotros, ahora a una velocidad todavía mayor, con un rostro enfurecido y en medio de sonidos cada vez más espantosos.

—Tranquilo, tranquilo –me recomendó Elina, y yo comencé a recuperar la calma, aunque sin poder evitar agachar la cabeza cuando el horror volador pasó de nuevo sobre todos nosotros.

Esta vez el dragón se alejó un poco más, dio un rodeo amplio sobre el mar y se detuvo en lo alto como preparándose para embestirnos nuevamente.

—¡VÁMONOS, VÁMONOS! —gritó aterrado el que parecía ser el jefe de la banda. Los hombres se pusieron de pie como pudieron y se encaramaron en sus motos, alejándose en la dirección por la que habían aparecido. El monstruo enfiló directamente hacia ellos y les pasó a centímetros por encima, debido a lo cual varios de ellos se cayeron de sus vehículos, para levantarse nuevamente y tratar de continuar huyendo en medio de un caos. Mientras tanto, el engendro volador los perseguía de cerca entre sonidos horripilantes. Y así se fueron perdiendo en la distancia.

Elina parecía muy complacida. Yo no me calmaba aún del todo.

—¿Cómo has hecho eso?

—Con suficiente práctica previa, diez o doce milenios nada más –explicó sonriendo–. Fue una condensación de mi imaginación.

—¿Quieres decir que ese espanto que voló sobre nosotros no existía realmente?...

—Sí que existía, pero en el plano en donde todo aquello que se imagina existe. Yo hice descender lo que yo imaginaba hasta este plano. Esa materializada creación mental mía los irá conduciendo hasta la solitaria playa en la que le dieron muerte y luego enterraron al padre de tu amigo Musco, y después llegará la policía y se solucionará el caso, y esos amigos terminarán entre rejas.

Como yo conocía bien el dolor de los pahos porque no se había encontrado nunca el cuerpo del hijo de Catú, me alegré mucho de saber aquello; luego, la miré con admiración y asombro.

—¿Y quieres que yo te crea que eres humana?

—Soy perfectamente humana, siempre lo fui, excepto durante algunos milenios, pero esa no era yo realmente, estaba cautiva del hechizo. Aunque todo tiene su lado positivo, Luc; fue en aquel estado en el que aprendí a hacer cosas como estas.

Nos sentamos en la arena, tomé sus manos y mirándola a los ojos le dije:

—Deberías enseñarme cómo se hacen esos prodigios.

—Puedo explicarte algunas técnicas, pero no te servirán de nada. Una cosa es la teoría y otra es la práctica, y tú no tienes los milenios de ejercitación que yo tengo.

—Es verdad, Elina, además voy dándome cuenta de que aunque me expliques tus acrobacias mágicas y tus esquemas metafísicos, yo no siempre te comprendo. Creo que inevitablemente me quedaré sin saber un millón de cosas que tú sabes.

—No te preocupes, Luc; tampoco hace falta. Lo importante en la vida es ser felices, y para eso no es necesario saber un millón de asuntos. Muchas veces es al revés; para algunos, demasiado conocimiento suele ser un obstáculo para alcanzar una vida dichosa.

—¿Quieres decir que la inteligencia puede ser un problema para alcanzar la felicidad?

—No hablé de inteligencia sino de conocimiento. Alguien inteligente de verdad tendría que ser feliz, con o sin grandes conocimientos.

«Inteligencia sin conocimiento, concepto nuevo para mí».

—¿Cómo tendría que ser, según tú, una persona inteligente? –pregunté.

—Diferente de cómo tú piensas. Muchos científicos muy galardonados en este mundo serían considerados como un poco tontos en un sistema superior de existencia.

Esas palabras me inquietaron, aunque coincidían con ciertas intuiciones mías. Por ejemplo, el jefe del Departamento de Física de mi universidad, un físico nuclear propuesto en varias ocasiones para el premio Nobel, estaba tan embriagado de su propia importancia que, por lo general, no escuchaba con atención cuando alguno de sus subordinados emitíamos alguna opinión. Inmediatamente levantaba el cuello con aires de sabelotodo, mirando desde sus Olimpos de la inteligencia, haciéndonos sentir a los demás como idiotas, gracias a su sonrisita entre burlona y suficiente, y al fin el tipo terminó por parecerme bastante tonto, a pesar de su gran inteligencia. En un par de ocasiones fui a cenar a su casa y comprobé que él no jugaba con sus hijos ni tenía consciencia de las hermosas plantas y flores que su mujer había instalado en su hogar, y al comer no paladeaba sus alimentos, sólo tragaba, pensando en otra cosa, y así con todo; no podía dejar de pensar y pensar ni por un instante. Al final llegué a preguntarme si la inteligencia era sólo eso, y si lo fuera, entonces para mí era mejor ser un poco bobo, pero capaz de disfrutar de la vida, y yo había optado por eso último, y por eso no me mataba por el premio Nobel. Aunque realizaba mis investigaciones privadas, lo hacía con mucha calma, no trabajaba de noche y pasaba mis vacaciones muy lejos de los ambiente académicos. Elina captó lo que yo pensaba y dijo:

—No eres un poco bobo, querido Luc; tu jefe sí que lo es, aunque algún día gane el Nobel.

Comprendí, o eso me pareció: Elina tenía un punto de vista más poético y sentimental que práctico acerca de la existencia, algo más parecido a mí mismo que a mis colegas. Toda una novedad para mí, que siempre había pensado que a mayor evolución e inteligencia, más frialdad, más espíritu práctico y menos consideraciones humanas; y como yo no era así, como valoraba las cosas auténticas de la vida, como la naturaleza, los delfines, los pahos y trepar a palmeras, me sentía bastante «primitivo» en relación a mis compañeros de la universidad. Y ahora resultaba que era todo lo contrario, que nuestros científicos deberían ser un poco más naturales y un poco menos cerebrales para merecer ser considerados inteligentes de verdad.

—¿Qué pensarías si te digo que los seres mas avanzados son altamente racionales y al mismo tiempo muy bondadosos, afectivos, y que tienen una gran capacidad y sensibilidad artística?

—Pensaría que tendrías que mostrarme uno de esos ejemplares para creerte –dije, aunque bromeando, porque yo había captado ya sus ideas y las compartía, sobre todo porque era lo mismo que yo intuía desde el fondo de mi ser.

—Ese es el camino hacia la sabiduría. Se debe vivir equilibradamente, corazón y cerebro de la mano, pero sin olvidar que quien realmente comprende desde arriba, desde la dimensión trascendente, ese es el corazón. ¿De qué te serviría conocer por ejemplo el misterio de los ovnis, si no eres capaz de disfrutar de la luna en la playa?

Ella tenía toda la razón, pero a la vez tocó un tema que tiene a medio mundo muerto de la curiosidad... yo incluido; por ello, me centré en el asunto.

Capítulo 9

Algunos misterios

—¿Tú conoces el misterio de los ovnis?...

—Que no es ningún misterio —manifestó, moviendo su cuerpo para quedar sentada frente a mí en la arena con las piernas cruzadas.

—¿Quiénes son?

—Gente buena, seres que habitan en una realidad superior.

—Vamos... —dije, con una sonrisa de incredulidad.

Ella parecía divertirse conmigo.

—¿Sabes que dijo un pez de las profundidades cuando le contaron que había otros seres fuera de las aguas?

—No.

—Dijo «vamos...».

Reímos.

—¿De qué lejano lugar del Universo provienen?

Suspiró profundamente mirando hacia el cielo.

—Nada está lejos. La mente inventa las distancias; la magia del amor las elimina...

—Hermosa metáfora.

—No es una metáfora sino una verdad. Corresponde a un sistema científico que alguna vez conocerás.

No quise mencionar que por aquí no suena muy coherente utilizar el concepto amor asociado a un sistema científico, seguramente ella ya lo sabría, pero me pareció interesante la idea encerrada en las palabras «nada está lejos», me hizo pensar en ciertas hipótesis de la física teórica, en los Universos paralelos de antimateria y cosas de ese tipo. Ella captó mis elucubraciones y me detuvo de inmediato:

—Nada está lejos. Si tu mente vibra bajo capta un determinado segmento de la realidad; si vibra más alto capta un segmento más elevado, una realidad superior. Esto no tiene que ver con distancias. Es como mirar el dibujo de una alfombra desde la perspectiva de una hormiga que se pasea dentro de ese «bosque» de hebras de diferentes colores, o desde la perspectiva de un ser humano que la mira desde lo alto.

Me acomodé mejor. Aquello me resultaba sumamente sugerente, en el campo teórico al menos.

—¿Cómo es eso de la mente que vibra más alto o más bajo?

—Lo que vibra bajo tiende a la materialidad; lo que vibra alto tiende a la sutileza, a la inmaterialidad. Cuando sientes temor, tu mente, todo tu ser más bien, vibra bajo, igual que cuando sientes rabia, envidia, celos, codicia, rencor y cosas así. ¿Comprendes?

—Más o menos... ¿Y cómo sería una mente que vibra más alto?

—Alegría, espiritualidad, amor; una actitud positiva y optimista. Eso es a rasgos muy generales la diferencia entre vibraciones altas o bajas. Sólo mediante vibraciones o energías elevadas se pueden superar las fuerzas que atan a lo inferior, como la de la gravedad —explicó con una sonrisa muy dulce en su rostro; luego cerró sus ojos, como quien penetra en sutiles dominios de su interior, y de pronto su cuerpo se elevó lentamente unos centímetros por encima de la arena... ¡y quedó flotando en el aire!

—¡Estás levitando, Elina!

Descendió suavemente, abrió los ojos y dijo:

—Tú también podrías hacerlo si elevaras la frecuencia de tu mente mientras sostienes la idea de ser muy liviano. Nada extrahumano hay en esto, aunque sí bastante práctica de por medio. Si logras elevar todavía más la frecuencia de tu mente, entonces puedes entrar en una dimensión más alta de la realidad, en un orden de cosas más sutil, prácticamente en otro Universo. De allí proviene esa gente buena.

—Sorprendente, aunque nada fácil de digerir...

—Las realidades de planos vibratorios más bajos que el nuestro son muy feas, al menos para nosotros, y aquellas de planos vibratorios más elevados nos resultan sublimes. Pero siempre tenemos la libertad de elegir lo elevado o lo bajo, o lo de siempre, y eso recibimos; por eso, cada cual vive la existencia que va eligiendo de instante en instante, según la forma como decida vibrar.

—¿Vibrar o elegir? –pregunté, un tanto confundido.

—Vibrar de una determinada manera, enfocar la mente en una frecuencia cualquiera, eso es toda una elección, porque la calidad de lo que pensamos o sentimos, elevado o bajo, es lo que irradiamos al Universo, y éste nos devolverá lo mismo que le hayamos lanzado nosotros antes.

—Bueh... Eso no lo puedo comprobar por el momento, pero es muy interesante. Continúa, por favor.

—Debido a ello, yo no estoy dispuesta a vibrar bajo, por ejemplo imaginando horrores; por eso, no puedo encontrarme con un asesino loco, porque ni lo imagino, y por eso no lo atraigo, porque aquello que se imagina se puede llegar a hacer real.

—Pero te encontraste con los hombres de las motos...

—Sí, acepté esa posibilidad para ir dándote una muestra de lo que soy capaz de hacer, para ayudar a aliviar el dolor de los pobres pahos, para reducir situaciones peligrosas para la gente de Sands y para que sepas que no debes temer cuando estés conmigo, pero allí no había ningún peligro real para nosotros.

—Y estuviste milenios presa de un triste hechizo. ¿Eso también lo elegiste?

—Eso sucedió debido a que fallé en una prueba.

—¿Elegiste fallar?

—Sí y no.

—No comprendo verdades dobles. ¿Sí o no?

—Sí, desde mi ser divino y trascendente. Desde allí sí, porque mi alma inferior necesitaba de ese paso que podría llevarla hacia el perfeccionamiento que ahora he alcanzado. Pero desde mi consciencia inferior o normal de aquel tiempo, no. Lo intenté y fallé, entonces mi consciencia inferior se puso muy triste, pero mi consciencia superior estaba en paz, porque sabía que eso me llevaría a la larga a disfrutar de estos mágicos momentos, y a intentar realizar nuevamente lo que antes no logré, en mejores condiciones ahora, gracias al conocimiento y a las capacidades que actualmente poseo.

Todo lo que ella decía me resultaba muy interesante, pero tan alejado de lo que constituía mi vida cotidiana... Sobre todo, me parecía indigerible el hecho de que uno «elija» los acontecimientos de su vida, especialmente los futuros. Capté la idea de que el Universo nos devuelve aquello que le hayamos enviado previamente; sin embargo, me parecía algo demasiado difícil de comprobar. Pero consideré que la idea de la calidad vibratoria de la mente como puerta hacia realidades superiores constituía un interesante terreno para establecer hipótesis de trabajo de investigación teórica, sobre todo porque eso emparentaba con un postulado relativamente moderno de la física que afirma que los resultados de ciertos experimentos están condicionados por el experimentador mismo. «Tal vez por la frecuencia vibratoria de su mente».

—Entonces si mi mente vibra más alto me pone en contacto con realidades superiores... Muy interesante –dije.

—La realidad que vivimos es el resultado de la calidad de la energía que lanzamos al Universo. Es como sintonizar un aparato de radio o televisión, Luc, como optar por altas o bajas frecuencias. Si lanzamos altas frecuencias recibimos elevadas vivencias, y viceversa. Los seres que viven existencias tormentosas y llenas de dolor están allí porque es eso lo que lanzaron y lanzan hacia el Universo, y los seres que habitan en una dimensión superior a la nuestra están allí porque sólo lanzan frecuencias elevadas hacia la vida.

—Esa forma de ver las cosas es muy novedosa para mí, Elina. Si te he entendido bien, dices que por allá arriba sólo hay seres buenos, y que son esos los que vemos pasar por nuestros cielos...

—En una dimensión más elevada no hay nadie con ganas de hacerle daño a nadie, sino todo lo contrario.

—Y si eso es así, ¿de dónde vienen entonces esos seres extraterrestres que raptan a la gente y les hacen exámenes horribles?

—¿De verdad crees en esas historias, un científico como tú?

—¿Insinúas que todo eso es mentira?

—De principio a fin, Lucas. Y los investigadores serios del asunto ya están de acuerdo con eso. Todo es falso. ¿No te has enterado? Un ser inteligente y honesto consigo mismo debería documentarse bien antes de catalogar como verdadero cualquier rumor.

—Tienes razón, pero yo no tengo tiempo para invertir en esas oscuras áreas, sólo sé que mucha gente dice cosas bastante horripilantes al respecto en estado de hipnosis...

—No se debe considerar como válido todo lo que se afirme en estado de hipnosis, Luc, porque ese estado es excepcionalmente creativo y fantasioso, sobre todo cuando hay cierta «intención», consciente o subconsciente...

—No lo sabía; no es mi campo.

—Además está lo que te dije antes, si la mente vibra alto asciende a realidades superiores y se encuentra con seres elevados; pero si vibra muy bajo, con mucho temor por ejemplo, puede descender a dimensiones muy feas de la realidad, a subplanos muy desagradables, y por allí puede encontrarse con los monstruos que imagina... Pero no son justamente extraterrestres, Luc.

—¿Qué son entonces?

—Entidades de planos bajos.

—¿Existen?

—Existe de todo por todas partes —dijo, sonriendo alegre.

—Entonces no serían tan descabellados los temores infantiles a la oscuridad...

—Y los no tan infantiles —precisó—. Al intuir esas realidades, siempre el hombre ha temido a lo invisible, a la oscuridad, a los espíritus, a los demonios. Cada cultura les ha puesto el disfraz vigente en su tiempo. Antes eran los fantasmas, los espíritus, las brujas, los vampiros, los diablos; ahora son los extraterrestres...

—«La evolución del terror en la historia» —dije riendo.

—Cambian los espantos, se modernizan, se visten con los hábitos de cada tiempo, pero siempre hubo y hay personas inclinadas a vibrar muy bajo, a albergar pensamientos y sentimientos poco edificantes. Las de esta época eligen ciertas películas más bien oscuras, en libros, en la televisión, en el cine y... en sus propias vidas...

—Puede ser, pero el hecho es que a mí no me gustan las películas de terror o violencia, ni en el cine ni en mi propia vida, sino aquellas que me hagan sentir bien.

—Y por eso elegiste Sands y un muy especial amor como «película» para tu vida...

Me sorprendió. Reflexioné unos instantes y consideré que tal vez ella tuviera razón. Contemplé la playa bañada de luna llena, las estrellas en lo alto, el imponente Manoa a mis espaldas; escuché el lejano rumor de gaviotas nocturnas, el del oleaje; aspiré el aroma marino y luego la miré a ella, tan hermosa y resplandeciente, observándome con una mirada intensa y una sonrisa en sus labios, como esperando algún tipo de comprensión superior en mí. Y la tuve. Era evidente que lo que yo estaba viviendo era demasiado fuera de lo común como para seguir dudando de la magia de las cosas. Pero... ¿Me merecía yo esas extraordinarias vivencias por haberlas «elegido»?

—¿Y por qué si no? ¿Suerte, casualidad? Eso no existe. Sólo existe la respuesta del Universo a aquello que previamente le hemos enviado.

—Pero yo no recuerdo haber enviado nada muy especial al Universo. Mi vida ha sido bastante común, no creo haber «elegido» esto, siento que no lo merezco. Y la posibilidad de un amor especial la descarté yo mismo hace bastante tiempo...

—La descartaste desde la mente, pero no desde lo profundo de tu corazón...

Medité sus palabras unos instantes y dije:

—Puede ser, aunque no soy consciente de eso.

—Ni de eso ni de lo que enviaste al Universo en tu vida anterior. Pero tienes «saldo a favor», ¿sabes?

—No, pero si es así, pues me alegro.

Nos levantamos y comenzamos a caminar por la orilla de la playa tomados de la mano. Al hacerlo sentí una vez más que era ella y no Bárbara el verdadero amor de mi vida, sentí un estremecimiento en mi pecho y no pude evitar decirle por primera vez:

—Te amo.

En esos instantes una luz muy intensa cruzó el firmamento.

—¿Ovni? –pregunté jocosamente, porque para mí era obvio que aquello había sido un resplandeciente y poco común aerolito.

—Ni ovni ni aerolito, sino «saludito»...

—¿Qué? ¿De parte de quién?

—De una dimensión superior de la vida... –dijo, con cierta misteriosa picardía en su mirar. Pensé que me estaba tomando el pelo.

—Vamos... Para mí, eso ha sido un aerolito, muy grande, pero aerolito. Apuntó con el índice hacia un lugar del cielo y preguntó:

—¿Y ese también?

Miré hacia lo alto y no había nada, pero un par de segundos después apareció otro «aerolito» más brillante aún que el anterior, dirigiéndose hacia una dirección diferente. Quedé perplejo, ella lo había señalado antes de que apareciese.

—Tú lo has creado, igual que el «dragón»... –dije, creyendo haber comprendido.

—No, Lucas, no es así.

—Pero has señalado al segundo de ellos antes de que apareciese...

—He sentido que eso iba a suceder, me lo han comunicado.

—¿Te lo han comunicado?... ¿Quiénes? ¿Cómo? ¿Desde dónde?

Ella, riendo contestó a cada una de mis preguntas con respuestas cortas:

—Sí. Seres superiores. Vibratoriamente. Desde una dimensión superior...

Para mí, el asunto no era para tomárselo a risa.

—¿Extraterrestres?

—No, más arriba aún...

—Explícamelo claramente, por favor, sin misterios.

—Está bien. Te he dicho que existen muchos planos de existencia, altos y bajos, y que en todos ellos habitan entidades.

—Sí, lo recuerdo.

—Así como hay miles de millones de galaxias, estrellas y planetas, también hay innumerables planos de existencia, más elevados o más bajos; algunos visibles para nosotros y otros no.

—¿Entonces?... ¿Esos «meteoros»?...

—Te he dicho antes que cuando algunas personas están llenas de terror, en estos tiempos modernos, en lugar de fantasmas o demonios, suelen ver extraterrestres. Ello se debe a que las entidades de los planos de existencia bajos adoptan la forma de aquello que se teme...

—Entiendo. ¿Y las entidades de los planos elevados adoptan la forma de lo que te gustaría ver?

Elina sonrió alegre.

—Por supuesto. En planos de existencia muy por encima del nuestro, podríamos llamarlos «planos divinos», «angélicos» o como puedas comprender mejor la idea, allí no hay formas físicas como aquí, es todo energía de muy alta vibración. Allí habitan seres que cuando quieren manifestarse ante alguien de nuestro mundo, alguien que lo merezca o necesite, adoptan una apariencia que a esa persona le resulte grata y conocida, que pueda asociarla a lo superior.

—¿Cómo un meteoro? –pregunté.

—En este caso, así ha sido. Otros podrían ver a la Virgen, a Jesús, a un ángel, etc. Eso depende un poco del marco de creencias de cada cual. Y alguien que no tema a los ovnis podría ver un ovni... aunque sea simplemente una luz en el cielo proyectada expresamente para esa persona.

—Entiendo, lo que no comprendo es por qué a veces desde esos elevados planos deciden proyectar ciertas visiones a algunas personas.

—Eso tiene que ver con la dimensión espiritual de cada cual; es un fenómeno místico, algo que corresponde a la relación íntima entre alguien y los planos superiores. Siempre ha sido así a lo largo de la historia.

—O sea que los asuntos religiosos no eran sólo ignorancia y superstición después de todo...

—¿Pensabas eso realmente?

—Soy científico...

—Pues estabas equivocado. Detrás de las cambiantes formas y sistemas espirituales de las distintas creencias, siempre hay «Algo» que establece una relación profunda con el creyente realmente místico, y que de vez en cuando le entrega importantes experiencias interiores o exteriores, o ambas.

—¡Vaya! Y yo que de místico no tengo nada...

—No eres religioso ni creyente, Luc, pero tienes una visión trascendente, honesta y respetuosa hacia la vida y sus manifestaciones, y hacia el amor.

—Eso es verdad, Elina...

—Con eso basta, como acaban de hacerte ver.

—¿Eso que lo que hemos visto tiene alguna relación conmigo?

—Naturalmente, y con ese «Algo» que está detrás del misterio de la vida, en muy elevados planos.

—Todo un honor entonces... ¿Y a qué se debe su aparición?

—Ya te lo diré, pero por ahora considéralo simplemente como un «hola, muchachos»...

—Pero... eso no tiene mucho sentido...

—¿No tiene sentido? ¡No comprendes nada! ¿Has conocido alguna vez a alguien muy importante en el mundo, Luc?

—Sí, una vez fue el señor Presidente a la universidad y nos saludó a los científicos, nos dio la mano.

—¿Y cómo te sentiste?

—No quería volver a lavármela.

—Sin embargo, que te salude alguien de una jerarquía infinitamente superior a la de un transitorio presidente de un país de este mundo, eso te parece algo sin sentido... ¿Quién te entiende?

—No, no es que no lo valore, Elina, sino que no le encuentro el sentido. Esa vez fue el Presidente a la universidad a felicitarnos por ciertos logros científicos nuestros, y por eso me sentí orgulloso. Pero este saludo galáctico o celestial o divino o angélico no cabe dentro de ningún contexto que yo pueda comprender; yo no he hecho nada meritorio... Tal vez eso era sólo para ti...

—Si hubiese sido sólo para mí, tú no lo habrías visto, porque ese «Algo» puede hacer que unos vean y otros no, aunque estén mirando hacia el mismo lugar...

—¡Absolutamente anticientífico!... Pero está bien, acepto. Gracias al cielo entonces por la deferencia, pero sigo sin sentirme orgulloso porque nada he hecho que merezca tamaña recompensa.

—No siempre es «recompensa», a veces es como cuando te llama por teléfono un querido amigo y te dice «hola, sólo quería saludarte», y lo hace porque te quiere, porque te estima y aprecia, y para que tú sepas que se acuerda de ti.

—¿Eso quiere decir que por allá arriba a mí... me aprecian?

—Obvio.

—Pero... ¿por qué?

Elina se puso a reír y no quiso decir nada más.

Seguimos caminando y quise aclarar más el asunto.

—No comprendo. Entonces los ovnis no vienen de otro mundo, sino que son manifestaciones de un plano de existencia más elevado... de la Divinidad...

—No todos los aerolitos son manifestaciones de planos más elevados. A veces son simples aerolitos.

—Ah, menos mal que también aceptas la existencia de lo material –dije, y ella se rió.

—¿Cómo se pueden distinguir unos de otros? –pregunté.

—Por la sensación interior que te producen, y por la sincronicidad.

—¿La sincronicidad? «Syn» quiere decir «mismo», y «cronos» significa «tiempo»... «Mismo tiempo»... No comprendo nada, Elina.

—Hay que prestar atención a lo que se estaba pensando o sintiendo, a lo que estaba sucediendo en el momento –en el «mismo tiempo»– de presentarse la manifestación superior. Siempre hay allí algún mensaje que, si la consciencia está atenta, puede llegar a comprender, y le puede servir de orientación.

—¿Y qué estaba sucediendo cuando eso apareció?

Ella me tomó del brazo y me miró con coquetería.

—¿No lo recuerdas?...

—Ah, sí, acababa de sentir que eras el verdadero amor de mi vida, y no Bárbara...

—¿Y qué te quisieron decir entonces?

La miré a los ojos entregándole mi cariño y dije:

—Que estoy en lo cierto –y nos abrazamos.

—Para que no lo olvides –agregó ella.

—Imposible olvidarlo.

—La mente fluctúa, Luc... Son varios años con Bárbara y unas pocas horas conmigo...

—No lo olvidaré.

—El corazón no olvida, pero a veces la mente es más fuerte... Recuerda esa luz en el cielo cuando vaciles; para ayudarte en ese sentido apareció.

—No vacilaré, siempre recordaré que cuando apareció te acababa de decir que te amo, y ahora te lo repito: te amo.

—Segunda.

—Te amo.

—Tercera.

—Pero no aparecen más luces... Ah, sí, allí hay una.

—Sabes muy bien que eso es un avión, tonto.

Reímos.

—No todas las luces en el cielo son manifestaciones angélicas o divinas. A veces sí, pero otras veces son aviones, satélites, meteoros comunes, estrellas o planetas, y a veces son ovnis, o más bien, vehículos espaciales provenientes de otros mundos.

—Entonces los ovnis también existen, los extraterrestres, y no vienen de otras dimensiones sino desde muy lejos... Eso tiene sentido para mí.

—No vienen de lejos, Luc.

—No me enredes, por favor... Los sistemas solares diferentes del nuestro, las estrellas, están muy lejos...

—Si las observas desde aquí están muy «lejos», pero mediante una elevación de frecuencia vibratoria no están «lejos», sino aquí mismo.

—Física teórica... –dije.

—El tiempo y el espacio se funden y desaparecen en una dimensión superior. Allí nada está lejos y el tiempo transcurre simultáneamente en un eterno presente.

—Más física teórica...

—Pero es verdad. Si mediante un aumento de tu vibración accedes a una dimensión superior, desde allí puedes ingresar en un ayer o en un mañana, pero eso también es «presente» en aquella dimensión; puedes llegar a una lejana galaxia o a otra en el extremo opuesto del Universo, todo al instante, todo allí está unido.

—Conozco teorías de ese tipo, pero prefiero dejarlas en el terreno de lo casi místico por ahora. ¿Me permites manejarme dentro de conceptos más tridimensionales?

Con una mirada que denotaba estar divirtiéndose conmigo dijo que sí.

—Tú me diste a entender que no existen civilizaciones foráneas susceptibles de venir a hacernos daño, y eso me parece un tanto difícil de aceptar.

—¿Has visto alguna huella de maldad extraterrestre en la historia de este planeta?

Tuve que reconocer que no.

—Y si tienen la capacidad de llegar hasta aquí, imagina lo destructivos o dañinos que podrían ser si lo deseasen...

—Me imagino.

—Y sin embargo...

—Bueno, resulta claro que no son como nosotros; pero podrían tener alguna especie de maldad no tan brutal ni evidente como la nuestra...

—Y esa luna que ves allí arriba podría ser un monstruo camuflado, esperando un momento de descuido nuestro para devorarnos –apuntó ella, y yo me reí de mí mismo.

—Paranoia cósmica –agregó, y ambos reímos.

Un poco después contempló el firmamento, y después de suspirar añadió:

—Si tuvieras una idea acerca de las prodigiosas realidades que existen un pasito más arriba de la mente ordinaria...

Así y todo me era difícil aceptar que siendo tan vasto el Universo, por esos espacios infinitos no hubiese civilizaciones parecidas a la nuestra, aunque con un grado mayor de avance tecnológico, y con nuestra misma «bondad» o algo peor. Y recordé un axioma hermético que leí alguna vez: «Como es arriba es abajo», eso insinúa que si por aquí abajo hay gente muy mala, por allí arriba también tendría que haberla.

—No sólo hay analogías, también grados, Luc...

—¿Qué quieres decir?

—Supongamos que un diplomático es «arriba» y que un delincuente inculto y violento es «abajo». Ese diplomático cuando está celoso no actúa igual que ese delincuente cuando está celoso. Hay una diferencia de grado vibratorio entre un «arriba» y un «abajo». Para ambos seres existen los celos, pero mientras para uno no pasa de ser una molestia pasajera, para el otro puede significar una obsesión homicida.

—Interesante...

—Hay una gran diferencia de grado energético o vibratorio entre los seres y realidades de aquí abajo y allí arriba. En un sistema superior todo es más fino que en uno inferior, en donde todo es más grosero.

Mi mente científica salió al campo de batalla. Siempre me había parecido que los conceptos como bien y mal, justo o injusto, bonito o feo, son algo muy relativo.

—¿No es un poco arbitrario afirmar eso?

—¿Por qué?

—¡¿Quién sabe qué es superior y qué es inferior?!... –exclamé escéptico, a manera de protesta.

Ella se echó a reír.

—¿De qué te ríes?

—Escuché eso mismo hace mucho, mucho tiempo, de labios de una mujer muy poderosa, pero muy ignorante al mismo tiempo... Su nombre era Cirana.

—Más adelante me contarás esa historia, pero insisto: ¿Quién decide qué es superior o inferior, grosero o fino?...

—El nivel vibratorio.

—¿Cómo es eso?

—Ya te dije que todo vibra, querido Luc. Una plegaria o un poema vibran más elevado que un insulto. Uno sana y el otro hiere. ¿Comprendes?

—Sí, perfectamente.

—Entonces aquello que vibra más alto es lo superior, lo fino; y lo que vibra más bajo es lo inferior o grosero. Sencillo. ¿Te ha quedado claro ahora?

—Sí, dentro de tu forma de ver las cosas es coherente.

—Esa es la manera adecuada u objetiva de distinguir entre «superior» e «inferior». De lo superior no podría surgir ningún daño para ti ni para la humanidad, sino lo contrario.

Me quedé pensando seriamente en sus palabras. Sentí que Elina acababa de entregarme una llave, un método capaz de hacerme comprender fácilmente, casi a primera vista, la diferencia entre bueno y malo, si no a nivel universal y absoluto, al menos bueno o malo para mí, lo cual es bastante, y lo resumí en una sencilla frase: «Lo que vibra alto hace bien; lo que vibra bajo hace mal». En base a esa premisa comprendí por qué la amistad de un amigo obsesionado con el sexo –sin importarle con quien, aclaro– me había acarreado muchos problemas en mi juventud. Claro, porque sus pensamientos y sentimientos no eran elevados, por lo tanto vibraba bajo. Sus apetitos sexuales no estaban vinculados con sus sentimientos ni con el honor, por eso me vi envuelto en problemas cuando frecuenté su compañía. Igual me sucedió con aquella novia de la adolescencia, que sólo pensaba en el dinero –sin importarle el método empleado para conseguirlo, también aclaro–. Ella también vibraba bajo, y por eso pasé una etapa bastante desagradable teniéndola cerca, naturalmente. Vibraba bajo porque sólo consideraba como valioso lo material, y si lo material es lo denso, lo bajo, entonces no había espacio en ella para interesarse por valores superiores, y éstos están relacionados con vibraciones elevadas. Por eso ella me hacía daño.

Por supuesto que Elina tenía razón, el dolor, la angustia, el temor, la envidia, la soberbia, la codicia, la ira, la violencia, la deshonestidad, todo eso está rodeado o más bien es producto de energías o vibraciones mentales y emotivas bajas, y por lo tanto hace daño, acarrea peligro, y por eso mismo se deben evitar lugares y personas que se muevan en esas frecuencias. Y por otro lado, la alegría, la bondad, la amistad, la espiritualidad, el optimismo, el amor, eso viene de la mano de elevadas y sanadoras energías, por lo tanto se debe buscar y frecuentar ese tipo de realidades, porque hacen bien. «Gracias, Elina».

—De nada, Luc –respondió contenta, al tanto de mis pensamientos.

—Pero como este mundo no es muy elevado, lanza al universo cosas no muy elevadas, por lo tanto, según tus propios esquemas, nada impediría que pueda llegar hasta aquí una civilización avanzada científicamente, aunque con muy bajas vibraciones...

—Una civilización así sería totalmente incapaz de llegar hasta aquí, Luc.

—¿Por qué?

—Porque el método para trascender distancias inconmensurables va de la mano de muy elevadas vibraciones y energías.

—¿Una especie de «ciencia espiritual»?

—Correcto. Y eso está más cerca de lo que llamamos magia o alquimia que de combustibles más poderosos.

—¿Entonces quienes nos visitan serían algo así como magos?

—Algo así, Luc, aunque en sus mundos son personas normales, como todas.

—Sólo que son capaces de vibrar muy alto, ¿no?

—Exacto. Sólo por ese camino se puede ir de una galaxia a otra en un instante. Así que si una civilización no se acerca a las dimensiones superiores de la existencia, aquellas que corresponden a planos vibratorios más elevados, sólo se enfocará en realidades que corresponden a bajos niveles vibratorios, y por allí abunda la discordia, la competencia, la violencia, la falta de respeto hacia la vida, el materialismo y cosas así, y por ello su ciencia estará más enfocada en la obtención de una más alta capacidad destructiva o insanamente «productiva» que en alcanzar planos vibratorios más altos.

—Que vendrían a ser el único camino para trasponer distancias inconmensurables, por lo tanto, los malos no pueden llegar hasta aquí.

—Te lo he dicho antes: sólo la magia del amor elimina las distancias.

—Eso no puedo comprobarlo, pero me suena muy hermoso.

Ella sonrió misteriosamente y luego agregó:

—El amor no sólo elimina las distancias, además sólo el amor, el que genera la vida, puede salvar de la muerte.

Recordé mi propia visión de lo que significa esta «civilización desechable». Por otro camino, yo había llegado a la misma conclusión.

—Como «lo que vibra bajo hace mal» —continuó—, una civilización centrada sólo en los aspectos más materiales de la vida y de la ciencia queda amenazada por el peligro, acechada por la muerte.

—Plenamente de acuerdo, querida Elina, me consta, me basta con ver lo que está sucediendo aquí mismo. Entonces, veamos si lo he entendido bien: los seres «inferiores» son aquellos que vibran bajo, que se mueven dentro de realidades violentas, deshonestas, carentes de respeto hacia la vida, etcétera; esos seres no están capacitados para trascender grandes distancias porque el camino hacia esa elevada posibilidad pasa por elevadas energías y vibraciones, capaces de catapultar hacia una dimensión superior, en donde todo está cerca. Esas energías y vibraciones van de la mano de la bondad y el amor. ¿Es así?

—Así es, Luc.

—Entonces aplicaré el «Método Lucas» y no el cartesiano en este asunto. René Descartes es el creador de algún modo del alma de esta «civilización del descarte», puesto que de su apellido y forma de evaluar la realidad nació la palabra descartar. Su método científico o cartesiano niega todo mientras no pueda comprobar que es verdad.

Ella lo sabía todo acerca de mí.

Mientras que el «Método Lucas» es bastante menos tosco, y sin calificar algo no comprobado como falso, tampoco lo descarta, no mientras no pueda comprobar su falsedad.

—Correcto, por eso, como no puedo comprobar que todo lo que dices es falso, lo consideraré como posible, así que aunque no me conste ese nuevo modelo de Universo que me estás mostrando, lo adopto como probable, y me gusta mucho además.

—Ya lo comprobarás –dijo, y luego me abrazó.

Capítulo 10

La mentira

Una bandada de aves pasó piando a lo lejos, sobre el mar, perdiéndose más allá de un distante faro instalado en el extremo de un roquerío que se internaba hacia el océano. Estábamos tendidos en la arena, un poco contemplando el paisaje, otro poco mirándonos a los ojos largos instantes. No hacía falta más que eso.

—Eres muy hermosa.

—Te amo.

¿Qué más necesita un ser humano para ser feliz?

Una vez más me parecieron tan vanos los afanes de nuestra enloquecida civilización, pero eso estaba en otra parte, lejos de aquellas playas, al menos en esos apacibles pero intensos momentos que la vida nos estaba regalando.

Recordé su pasmosa aparición ante mí horas atrás.

—Me gustaría verte otra vez con aquel vestido... ¿Aceptarías ponértelo? Lo tengo en el automóvil.

—Es más cómodo que este apretado pantalón. Acepto.

Fui al coche a buscar el amado manto, lo saqué de su envoltorio con gran delicadeza, lo estreché contra mi pecho, lo besé. Representaba tanto para mí... El mágico perfume no se había esfumado, pero ahora resultaba menos intenso y penetrante que antes. Cuando le llevé la tela, ella se puso de pie y comenzó a desvestirse; yo me volví hacia el mar para no mirarla.

—Por mí no hay problema si miras. No vas a encontrarte con nada que no conozcas ya...

No debió haberme dicho eso. Al recordar su sensual cuerpo me inquieté, pero no dije nada. Entonces recibí un suave beso en la mejilla, y supe que estaba desnuda. Tuve que recurrir a mi más estricto autocontrol, pero no me fue nada fácil.

—Ya puedes mirar.

Me volví. Otra vez la Dama de las Aguas, preciosa, engalanada en la sencillez de aquella túnica blanca, aunque sin esos extrahumanos ojos, mejor. Pero su humana y ardiente mirada y sus labios entreabiertos, y el calor de su cuerpo que estremecía el mío, resultaban algo tan difícil de soportar sin sucumbir ante la dulce tentación.

—No juegues más conmigo, por favor –le pedí humildemente, mirándola con intensidad a los ojos, tomándola con firmeza de los hombros.

—No trates de seducirme.

—No quiero seducirte, Lucas; la verdad es que tú me seduces a mí sin que te lo propongas... porque te amo.

Y eso yo también lo sabía, aunque mi mente lógica no le encontraba ninguna explicación.

—¿Cómo un ser de tan galácticas dimensiones como tú podría amar a un mortal imperfecto y torpe como yo?...

—No ofendas al amor de mi vida, por favor, no es imperfecto y torpe sino un fantástico hombre con el que tengo un vínculo de amor desde antes de este tiempo —dijo, y estaba bastante seria, casi molesta conmigo.

—Discúlpame, Elina. Sucede que me cuesta tanto comprender tanta cosas que dices... y todo ello en medio de la seducción permanente. No es fácil este suplicio, por eso te pido que te controles y no me tientes.

Ella me miró con picardía.

—Tienes razón, Luc; no es fácil este suplicio...

Reímos, más calmados. Nos tomamos de la mano y comenzamos a caminar por la orilla del mar.

—¿Por qué dices que tenemos un vínculo de amor desde antes de este tiempo?

—Porque lo tenemos.

—En el fondo de mi alma siento que eso es así, pero no consigo explicármelo de una forma racional, y necesito hacerlo. Yo no recuerdo haber venido de por allí arriba.

—No es «allí arriba», sino otro tiempo simplemente.

—Pero yo nací en este tiempo y no en otro. ¿Podrías explicarme eso?

—Encantada, Luc, te lo diré: Cuando nosotros estábamos en una dimensión superior...

—Una dimensión superior... Yo jamás he estado allí...

Ella me miró como a un niño tonto y me preguntó:

—¿Crees que las almas tienen un origen tridimensional?

—No. Continúa, por favor.

—... decidimos descender a un lugar no muy avanzado en sabiduría. Nuestra misión era la de ayudar a liberar a ese mundo de energías negativas. Era imprescindible porque el poder de lo maligno era tan grande, que amenazaba con destruir a esa civilización. Si nosotros hubiésemos tenido éxito en nuestra misión, hubiéramos podido disfrutar de nuestro amor en aquel tiempo. Y si no lo lográbamos, tú perecerías y yo sufriría aquel maleficio, y a cambio recibiría un conocimiento y un poder muy superior al que tuve antes, para intentarlo juntos nuevamente en una oportunidad futura, que ha llegado y que es hoy.

—Impresionante historia, aunque no recuerdo absolutamente nada de aquello.

—No importa, ese conocimiento está archivado en tu ser de todas maneras.

—Entonces es obvio que no tuvimos éxito en esa misión...

—Así es. Eso ocurrió hace milenios, en una civilización anterior que tenía parte de aquella ciencia-magia de la que hablamos antes.

—¿Tenían esos conocimientos y no había sabiduría? –pregunté, considerando que había una contradicción allí.

—Sólo una raza de sabios tenía esos conocimientos, pero no era mayoritaria. Tú pertenecías a esa raza o linaje.

Mi mente de pronto se embarcaba en las extrañas realidades que ella contaba y lo aceptaba todo, y de pronto se rebelaba y regresaba a esta realidad concreta.

—Insisto en que nací en este tiempo...

No me hizo caso y prosiguió:

—Esa civilización fue destruida debido a que los grandes poderes cósmicos que manejaban nuestros sabios o científicos-magos, por descuido nuestro cayeron en manos destructoras.

—Que produjeron un desastre...

—Así fue. Allí crecimos tú y yo en aquel tiempo, allí nos amábamos, y lo hacíamos desde antes de llegar a aquel mundo, al que habíamos ido a ayudar a pasar a un nivel superior de existencia. No lo logramos y fuimos testigos de la destrucción de aquella civilización, de la que hoy sólo quedan unas pocas ruinas sumergidas bajo el mar. Esta isla es un vestigio de aquello.

—Mis respetos a Platón entonces... Continúa, por favor.

—Así fue como acepté el maleficio que acaba de terminar. Y tú volviste a descender a este mundo hace unos pocos años para encontrarte conmigo, en el tiempo preciso para liberarme de mi cautiverio, para cuando estuviese cercano el día de ciertos eventos poco gratos que podrían ocurrir en este planeta, eventos parecidos a los que dieron origen a la destrucción de la civilización a la que llegamos antes, y que en este mundo nuevamente ayudaremos a evitar, o más bien ayudaremos a tratar de evitar, porque no se sabe si lo lograremos o no. ¿Comprendes?

Después de cavilar un buen rato dije:

—Maravillosa historia, pero tan difícil de manejar para mi pobre cabecita... ¿Qué sentido tiene que vayas a parar a una civilización a punto de destruirse, esperar milenios en un frío y solitario limbo de algas y estatuas carcomidas, para luego despertar en otra civilización también amenazada de destrucción? Demasiado masoquismo.

—Es así nuestra misión. Es el mismo «masoquismo» del médico que vive junto al dolor ajeno...

Excelente ejemplo. Comprendí de inmediato, la vocación de servicio nos impulsa a acudir a donde estén el peligro y el dolor.

—Entiendo... Pero no es justo para ti, porque primero te pasas milenios bajo el agua, y ahora tú lo sabes todo y yo lo ignoro todo. ¿Y qué demonios hago yo en esto?

—Tú eres mi otra mitad, Luc. Con tu sola presencia me aportas energías vitales que me resultan imprescindibles. Y cuando tenga tu amor...

—Sabes que lo tienes.

—Pero a medias por el momento. Cuando lo tenga por completo y se realice la unión alquímica entre nosotros, entonces la magia del amor nos hará poderosos a ambos.

No me dejó protestar, se adelantó y dijo:

—Ya sé que crees que tu amor es íntegro, pero falta consciencia de tu parte aún, y también sé que no comprendes nada acerca de la unión alquímica, pero poco a poco se te irá aclarando todo, y podremos realizar nuestra misión.

No me gustó que dudase de mí, ni que me mantuviese en el misterio.

—¿En qué consiste esa famosa misión? —pregunté molesto. Se ofendió por mis palabras y mi tono despectivo.

—Por favor, no hables así de la sagrada causa, lo único que justifica mis milenios de soledad y separación...

Comprendí que yo había sido un bruto nuevamente. La abracé con ternura.

—Perdóname, cariño mío, pero compréndeme, todo lo que dices es tan nuevo y desconocido para mí... Dudas de mi cariño... además hay cosas que no me cuadran, como ese castigo que tuviste que soportar. ¿Por qué sólo tú, si somos uno? ¿Por qué yo no padecí nada mientras tú estuviste milenios allí? No me parece justo que sólo uno de los dos reciba la peor parte.

—Es justo, Luc; tú no pasaste por ese trance, pero tampoco puedes hacer esto —dijo, extendiendo sus manos con las palmas hacia adelante, y frente a nuestros ojos apareció, como habiéndose materializado de la nada, la imagen de un jardín fabuloso en pleno día. Aquello semejaba una proyección tridimensional en el aire de la playa, de unos dos metros de altura por uno y medio de ancho, como si fuese una puerta hacia otro mundo.

—Eso es un paso dimensional hacia un jardín de un planeta de las Pléyades —dijo, avanzando hacia la materialización aquella, cruzando la puerta y luego volviéndose hacia mí desde dentro de aquel espejismo imposible.

Mientras acariciaba las anchas hojas color violeta de un extraño arbusto me llamó:

—Ven.

Yo estaba estupefacto.

—¿Quieres decirme que tú estás ahora en un mundo de las Pléyades?

Atravesó aquel portal de regreso hacia mí, buscó las Pléyades en el cielo y las encontró:

—Costaría muuuuucho construir naves capaces de llegar hasta tan lejos, y duraría siglos el viaje si es que usamos este camino; pero si vamos por este atajo —volvió a entrar al jardín—, el asunto es mucho más rápido y más sencillo. Valió la pena pagar el precio que tú no pagaste. Ven.

Avancé. Al llegar al paso dimensional, sentí una especie de electricidad de bajo voltaje y de consistencia sólida en toda la parte frontal de mi cuerpo, la cual me estremeció y me hizo retroceder.

—¡Esto está electrizado! —exclamé asustado.

Ella reía.

—Eso se debe a que estás vibrando bajo —dijo, y vino hacia mí—. Y sospecho que no vas a poder vibrar bien hasta que resuelvas tus dudas con respecto a Bárbara. Así que vamos a aclarar ese asunto antes que nada —dijo seria, y con un nuevo movimiento de sus manos, con las palmas extendidas desmaterializó aquella entrada a otro mundo.

Cuando mencionó a Bárbara la imaginé triste, sin poder dormir, esperándome, sintiéndose sola.

—No es así, Luc. Ella está contenta.

—Mmmm... no sé...

—Te felicito por tu confianza y fe —dijo irónicamente.

—Discúlpame, Elina, pero no puedo evitar sentir algo triste al pensar en Bárbara. Me siento mal...

Un súbito e inesperado arranque de culpabilidad se fue apoderando de mí, tanto que dejó de interesarme aquel paso dimensional, la historia relacionada con la misión, todo; sólo quería volver a Bárbara, quien representaba para mí el tibio calor de lo conocido, lo manejable por mi entendimiento.

—Quisiera ir a verla, constatar que está bien, que duerme tranquila.

—Así como te mostré otro mundo, yo puedo mostrarte una imagen de su habitación desde aquí, sin que tengas que ir hasta allí...

—¿De verdad? —pregunté, entusiasmándome.

—Pero eso sería una especie de violación de su privacidad de tu parte...

—Tonterías, ella es mi esposa.

—Sí, pero no te espera en estos momentos. No está en el hotel que tú crees...

—Ah, entonces se fue al Beach Palace, que le encanta, aunque es más caro, a ella le gusta el lujo... Sí, se fue allí para castigarme, porque sabe que no me gustan los gastos superfluos. Quiero verla, por favor.

—No está preparada para ti, Luc, por lo tanto sería una violación de su privacidad.

—Qué ridiculez —dije riendo—. Es el mismo tipo de «violación» que cometo cada vez que entro a nuestro dormitorio y ella está durmiendo.

—No hablo a nivel de cosas mundanas, sino a nivel de las leyes del alma. Cuando está contigo en tu casa, ella está preparada para ti. No en este momento. Pero eres libre, y si realmente quieres verla, y aceptas las consecuencias de tu intromisión indebida, yo te la puedo mostrar.

—Vaya, qué delicadas son las cosas por allí arriba —dije, un poco divertido al ver cuánta consideración había en esos planos del alma o qué sé yo, hacia las cosas más sencillas de la vida—. Por aquí no somos tan delicados, Elina. Para nosotros eso no tiene nada de malo, así que acepto las consecuencias y deseo verla desde aquí. Ella estaba bastante seria.

—Muy bien, pero luego no me culpes a mí de nada. ¿De acuerdo?

—De completo acuerdo —dije, casi riendo ante sus inauditas prevenciones.

—Bien, mira entonces.

Movió sus manos y frente a nuestros ojos apareció una pequeña especie de pantalla con imágenes tridimensionales, como si fuese un agujero en el aire por el que se veía otro lugar. Las escenas mostraban un acercamiento aéreo hacia la ciudad principal de la isla. Distinguí la zona de los hoteles junto a la playa, pero las imágenes enfilaron hacia otro rumbo, hacia un barrio residencial que yo conocía. Al pasar sobre una casa se produjo un acercamiento en la inmaterial pantalla.

— Hoy, esa es la casa de Jeff... mi agente inmobiliario y mi amigo...

—Allí está ella, Luc.

Elina estaba muy seria, y agregó:

—¿De verdad quieres mirar?...

—¿Qué hace ella ahí? ¡Claro que quiero mirar!...

—Te hará daño lo que vas a ver...

No soy idiota, comprendí que insinuaba que la vería con Jeff en la cama. Me puse muy pálido, pero me defendí psíquicamente prefiriendo creer que Elina me estaba engañando, que tal vez vería a Bárbara con otro hombre en la cama, pero sólo en aquella proyección, que podría ser un truco de la misteriosa mujer, y no la realidad, y una negra idea cruzó una vez más mi confundida mente:

«Y qué me garantiza que Elina no sea un ser maléfico tratando de engañarme?»...

—Fluctuación vibratoria de tu mente... Eleva tus pensamientos para que no olvides lo que hay en tu corazón, por favor, Luc; recuerda el «aerolito»...

Al escuchar sus palabras quedé paralizado, ella tenía razón, todo el amor que antes había sentido por ella me parecía ahora algo lejano y borroso, y tuve la lucidez suficiente para comprender que ello se debía a que yo había descendido a pensamientos de baja calidad vibratoria, y sin embargo no me importó demasiado, y decidí ir a casa de Jeff personalmente a cerciorarme con mis propios ojos, para constatar que todo aquello era una mentira, que mi mujer sería incapaz de una traición de ese tipo.

—No quiero mirar por ahí sino ver la realidad –dije, dirigiéndome al automóvil. Elina hizo desaparecer la pantalla y me tomó por los hombros mirándome fijamente a los ojos.

—Créeme, Lucas, es verdad. Ella no es tu verdadero amor, ni tú el de ella, por lo tanto no está haciendo nada pecaminoso, ella está con su amor, y tú estás con el tuyo: yo. Lo único que falta es poner cada cosa en su lugar.

No quise aceptar nada. Sólo deseaba ponerme en marcha hacia la ciudad.

—No hubo ningún concierto pop, ella sabe que tú no eres aficionado a esas cosas y que jamás te informas al respecto, Luc.

Aquello me tomó por sorpresa. Coincidía con un significativo detalle. Al día siguiente del supuesto concierto me conecté por Internet a un portal de espectáculos, y me extrañó que no se mencionase nada sobre ese tema.

—¿Dónde estuvo entonces ella?

—Cuando tú llegaste a esta isla, Jeff viajó hacia el continente ese mismo día. Ella estuvo con él en una cabaña en las montañas, y hoy vinieron juntos en el mismo avión...

—Eso es ridículo... yo me hubiese enterado al verlos juntos en el aeropuerto...

—No los hubieras visto juntos. Él se quedó al final y ella salió al principio. Y si se hubiese encontrado con Jeff a la salida del aeropuerto, ellos se hubieran dicho mutuamente: «No me digas que tú también venías en el avión»... como tenían planeado hacer en caso de suceder esa eventualidad. Es una relación sentimental que ya lleva tiempo, Luc.

Las piernas me fallaron, tambaleé, tuve que sentarme en la arena, porque varios cabos sueltos se me iban atando repentinamente. Esa era la única explicación a la extraña conducta de Bárbara desde hacía dos años, cuando comenzó su frialdad hacia mí. Ella, que prefería pasar las vacaciones en Europa y que odiaba la isla de Sands, a partir de aquella fecha, cuando conocimos a Jeff, empezó a considerar que era un lugar encantador, y ya no quiso ir más a Europa, y contaba las semanas para volver a Sands, y... ahora que recordaba... incluso había pasado un par de semanas sola en la isla el verano pasado, aduciendo fatiga...

—«Sola»... No tanto, Luc. «Fatiga»... y sólo se dedica a visitar a sus amigas y a ver películas... –me recordó Elina, y era verdad.

Todo concordaba, Jeff no estaba en la isla cuando fui a buscar casa para alquilar. Sí, era seguro que ahora ella estaba con él. No, no necesitaba ni mirar por aquel prodigioso agujero en el aire ni ir a la casa. Elina no me podía estar mintiendo. Rendido ante el peso de la evidencia, me puse a llorar largamente sobre la arena, con el rostro oculto bajo los brazos. Yo era un estúpido. Me lo merecía. ¿Por qué cedí ante mis propios reparos hacia Bárbara antes de entregarle mi corazón? Yo sabía que ella era superficial, que no tenía una gran nivel intelectual ni cultural, que era inmadura y caprichosa, que mentía frecuentemente. ¿Por qué entonces me había enamorado de ella?

—Porque dejaste de creer en nuestro futuro encuentro, Luc. Así descartaste el verdadero amor, y luego te planteaste una unión más «realista», aunque carente de la magia y el milagro que entrega el verdadero amor, por supuesto. De ahí en adelante, todo fueron consideraciones racionales, siendo la principal que a tu macho interior le resultaba fácil con ella ser el número uno en esa relación. Bárbara no te hacía sombra, podías manejarla, eso creías tú; en cambio con una mujer más brillante a tu lado, a tu mismo nivel, hubieras podido perder el trono del rey —dijo Elina, y nuevamente comprendí que esa explicación encerraba toda la verdad.

No sé cuánto tiempo lloré, pero al fin acepté la cruel realidad, comprendiendo también que no tenía nada que censurarle a Bárbara, porque mi propia inmadurez había creado aquella relación, una relación muy falsa. Ahora veía claramente que yo no la amaba de verdad, le tenía un cariño familiar, sí, pero eso no era el verdadero amor; yo sólo amaba nuestra estructura matrimonial, nuestras rutinas, nuestra situación ante la sociedad. Respetaba a muerte el compromiso, la institución, nuestras familias, «las reglas del juego», el aspecto «civilizado» del matrimonio, mi propia imagen ante mi entorno social. Yo no era como esos inestables seres que se casan y separan y se vuelven a casar, no; yo era un científico serio y estable, con un matrimonio de por vida, uno solo, igual que mis severos y ejemplares padres, que permanecían juntos, pero se detestaban mutuamente. Y me pareció tan superficial y falso todo aquello, especialmente porque ahora, gracias a los caprichos del destino, conocía el verdadero amor: Elina.

Un poco después, ya más habituado a la realidad de que allí terminaba una historia, una etapa de mi vida, y comenzaba otra, infinitamente más radiante y prometedora. Me puse de pie, miré a Elina fijamente a los ojos, la estreché y le pedí disculpas por haber dudado nuevamente de ella y de mi amor. Ella cerró los ojos con alivio y satisfacción interior y posó su cabeza en mi pecho.

—Claro que te disculpo, Luc, estabas pasando por un trance muy difícil.

Le agradecí su comprensión y decidí poner las cosas en su lugar. Bárbara nada tenía que hacer en mi cabaña ni en mi vida de allí en adelante. Quise llamar por teléfono a Jeff y hablar claramente con él.

—Es una buena idea, Luc, aunque él está un poco... ocupado en estos momentos...

—¡Me importa un bledo! Vamos a llamar por teléfono. Acompáñame a la cabaña, por favor, Elina.

—¡Encantada!

Una vez en ella, con el teléfono en la mano, dije:

—¡Rayos! No tengo el número de su casa, sólo el de su oficina...

—5420 2287 –dijo Elina mirando distraídamente hacia el techo.

—¿Y cómo lo sabes?

—Recuerda que sé muchas cosas...

—¿¡Hasta ese extremo!?

Entonces me recitó los números telefónicos de todos mis amigos y familiares, todos los relacionados con mi trabajo, todas las contraseñas de mi ordenador y de acceso a las áreas de mi actividad científica.

—¡Esto es asombroso!

—Y estás equivocado al pensar que la octava de radiación del campo integrado beta se autoescala en base al logaritmo de menos dos. Lo hace alternativamente en base al logaritmo de menos dos y más dos, debido a los ciclos compensatorios cuánticos que no tomaste en cuenta.

Ella se estaba refiriendo a una investigación científica en la que yo llevaba años trabajando, se trataba de una hipótesis que sólo yo conocía, y que por algún detalle desconocido no funcionaba bien en la práctica. Elina acababa de hacerme ver mi error.

—¡Es cierto! ¡Eres un genio total! ¡Entonces mi teoría funcionará!

—Prepárate para el reconocimiento público, Luc.

—Grandioso, pero antes debo prepararme para esta llamada urgente –dije, descolgando el teléfono.

—Espera, Jeff intentará negarlo todo, a menos que sepa que tú tienes alguna prueba concreta de la presencia de Bárbara en su habitación.

Ella tenía razón, y no se me ocurría nada al respecto.

—Es necesario que crea que tú los estás mirando mediante alguna cámara oculta.

—¿Y qué sugieres? A mí no me interesa mirarlos por una pantalla de esas que tú creas.

—Yo lo haré y te diré al oído lo que debes decir.

—Está bien.

—¡Quién demonios llama estas horas!

—Soy yo, Lucas.

Debió haberse puesto pálido. Su voz se quebró.

—Mi... querido Luc... Qué... gusto escuchart...

—Sé que Bárbara está ahí contigo, Jeff.

—¿¿¿¡¡¡Qué!!!??? ¡¡¡Estás... loco!!! Mejor deja la botella y duérmete, Lucas.

Elina comenzó a sugerirme al oído lo que yo debía decir, de acuerdo a lo que observaba en la pantalla.

—No lo niegues, y tápate el trasero.

—¡¡¡Qué!!!

—Que te tapes el trasero, y alcánzale el encendedor a Bárbara, que va a fumar. Está en el suelo, bajo la mesita del teléfono... Qué haces, no mires hacia todos lados, alcánzale el encendedor... Y ahora te has levantado desnudo con el inalámbrico en la mano. Tápate tus encantos, Jeff. No, no estoy en la ventana, tampoco en el baño. ¿Ves? Te lo he dicho. Se trata de un invento nuevo que se desarrolla en el instituto en donde trabajo, un artefacto vía satélite capaz de penetrar el techo.

—¡¡¡...!!!

—No me importa que estés con Bárbara, Jeff... ¡Dile que va a quemar la sábana con el cigarrillo! Así está mejor. ¡Qué despeinada!... Quiero que sepas que no estoy molesto. Sé que no hubo ningún concierto, que estuvisteis juntos en las montañas y que habéis regresado hoy en el mismo avión. Mi detective privado me ha informado —dije, mirando a Elina.

—¡¡¡...!!!

—Quiero el divorcio cuanto antes, después podréis casaros, igual que yo, porque yo también he encontrado el verdadero amor y estoy con ella en la cabaña en este momento. ¿Verdad, Elina?

—Sssí, Luuuuc, mi amooooor —dijo ella con un tono exageradamente sensual, luego rió tapándose la boca con la mano.

—¡¡¡...!!!

—Por eso no fui a esperar a Bárbara al aeropuerto. Deja ya de mirar hacia todos lados, no, arriba de la cortina no hay nada. Quiero disfrutar tranquilo de mi amor durante mis vacaciones, así que no acepto visitas ni llamadas por aquí. Y después nuestros abogados se ocuparán, todo civilizadamente. Ya sabes, Jeff, no estoy molesto contigo ni con ella. A Bárbara se le corrió el rímel del ojo derecho. En la mesita hay papel, junto a las braguitas rojas y al vaso de vodka... Ya no podré veros más mediante este invento porque el Congreso acaba de prohibirlo. Quedará en manos de la CIA solamente... Ja, ja, ja —reí yo mismo ante mis ocurrencias—, así que tranquilos. Buenas noches, chicos. Y ahora disfrutad de esta hermosa noche.

—¡¡¡...!!!

Clic.

—¿Disfrutar ellos? No podrán pegar un ojo en toda la noche, Luc, se han quedado blancos de la impresión. Pero era la única forma de que no recurriesen al truco de negar a muerte y hacerlo todo mucho más lento y más difícil.

Entonces la tomé entre mis brazos y...

Capítulo 11

Libres

Desperté, reconocí la pared de madera de la cabaña. Tal como suele acontecerme durante un tiempo indefinido, enfocado aún en la corteza reptil de mi cerebro, me pregunté quién era yo y qué hacía allí. Luego recordé haber tenido el sueño más prodigioso de toda mi vida. No quise moverme por temor a constatar que había sido sólo eso, un sueño, y me quedé allí con los ojos cerrados rememorando los extraordinarios detalles de tan irreal y portentosa historia. El corazón comenzó a dolerme de tanto amar el recuerdo de aquella mujer de mi fantasía nocturna.

Después pensé que si ella no estaba a mi lado, si siempre no hubo más que yo y mi vacía y gris cama, o Bárbara en ella, entonces la vida no valía la pena de ser vivida, y el suicidio sería el único camino que me quedaba, porque no se puede subir al cielo y luego perder el paraíso y no morir.

Allí comprendí que la historia de Adán y Eva no fue más que una fantasía, eso no era posible.

Pero si Elina estaba a mi lado, entonces la vida era más hermosa que el más inimaginable edén. Y allí me quedé, atenazado entre la muerte y el paraíso. Mi futuro pendía de un hilo, en cuanto me diese la vuelta para mirar a mi lado, sabría de inmediato si me esperaba la más espantosa tortura o la más increíble de las dichas. O todo o nada, sin posibilidades intermedias.

Abrí los ojos suavemente, como temiendo hacer ruido si los abría muy rápido. Milímetro a milímetro fui girando la cabeza, revolcado entre la esperanza y la desazón, entre el terror y la alegría, entre la vida y la aniquilación.

El volumen de un cuerpo bajo las sábanas me indicó que alguien estaba a mi lado, pero no quién, y sólo cuando vi aquel negro y apenas ondulado cabello, y cuando me llegó el incipiente perfume de su cuerpo, entonces regresé al cielo: Elina dormía junto a mí.

Una sola cosa voy a comentar acerca de aquella noche celestial: por primera vez en mi vida vislumbré lo que es «hacer el amor». Digo vislumbré y no «supe», porque Elina me enseñó que hay todo un aprendizaje que transitar juntos en ese camino. Y allí, uno parece estar siempre dando apenas sus primeros pasos.

También comprendí que un cariño reprimido durante milenios, contrariamente a lo que yo hubiera pensado, por ejemplo que sólo puede liberarse en medio de la más enloquecedora de las pasiones; al contrario, debe ir siendo liberado controlada y conscientemente, como si fuese el más elevado y delicado arte de la existencia, porque lo es realmente. No creo necesario entrar en más detalles acerca de lo que significa una unión alquímica, además no debo, por respeto a la intimidad y porque hay cosas que deben permanecer en la esfera de lo privado.

Tampoco sería capaz de expresar tantas sensaciones fuera de lo común que la vida me permitió experimentar, porque si nos fijamos bien, nuestras experiencias son intraducibles mediante los pobres ladrillos verbales de las palabras, ya que éstas —como dijo la princesa— sólo pueden construir rótulos, no así reproducir la esencia del ser u objeto real; tampoco la foto del paisaje transmite el aroma del campo ni el zumbido de los insectos. Nuestras experiencias ni siquiera en la memoria permanecen, porque la memoria puede conservar sólo mentirosos y deshilvanados *collages* de la triste cáscara de lo que vivimos, y si así resulta con respecto a lo más sencillo, como comer una manzana por ejemplo, cuánto más al tratarse de aquello que trasciende los territorios de la cotidianeidad. Dos o tres imágenes y sensaciones borrosas, punto; pero lo otro, la pulpa, lo que nos hizo conocer el interior de infiernos o los cielos, eso se niega a ser archivado en neuronas perecederas. Eso quedará estampado indeleblemente en algún metafísico e inmanente cofrecillo de nuestro ser, en excelsas cumbres donde la humana y perecedera memoria no llega, no alcanza, le faltan alas.

Mejor. Que no pueda ella malversar las más entrañables y divinas joyas que el alma rescató del fugaz tránsito carnal, y podamos quizás alguna vez volver a acariciarlas bajo otra piel, menos áspera, menos acorazada, más leve y transparente, con respetuosas y delicadas manos de ángeles o dioses, porque sólo deidades pueden manipular —sin mancillar— lo que el más elevado amor o dolor divinizó.

Miré su dormido perfil, era tan rotunda y definitivamente... amada; sí, muchísimo más que hermosa o no hermosa, sencillamente amada, adorada desde cada fibra de mi sensibilidad. Ella lo era todo para mí.

Envuelto en la áurea y esquiva nube de la felicidad la contemplé, no tengo idea de cuánto tiempo. Aspirando el perfume de su pelo le agradecía reverente a la Vida tan imponderable regalo.

Al fin abrió sus ojos, presintió mi cercanía, se volvió de golpe para mirarme, y la alegría iluminó su mirada al descubrir la mía.

Al anochecer... decidimos salir a cenar. Después de bañarnos, ella de algún modo materializó un vestido parecido a aquel con el cual la conocí, pero verde turquesa esta vez. Estaba deslumbrante.

—A pesar de todo, le he tomado cariño a este color —me explicó sonriendo, y salimos caminando abrazados para ir a cenar a un restaurante de pescadores cercano a la cabaña, ubicado junto a la playa. Era un encantador sitio rústico. Estaba decorado con redes de pesca, dentaduras de tiburón, algas marinas disecadas, remos y alguna que otra cabeza de barracuda o pez espada, pero su cocina, aunque sencilla, tenía el sabor y la nobleza de lo auténtico. Además divisé detrás del mostrador una hilera de botellas de un vino excelente. Conseguimos una mesa junto a un gran ventanal. Desde allí se veía la espuma del oleaje allá abajo y una hilera de luces de un pueblo al otro lado de la bahía, reflejadas en el mar. Elina estaba fascinada con el lugar.

Yo no había querido ir solo a ese restaurante. Pensaba que merecía ser disfrutado en compañía, y debido a ello lo dejé para cuando llegase... para cuando llegase el amor, y allí estaba por fin, a mi lado.

El camarero era un rubicundo y jovial señor mayor que mostraba en su rostro las huellas de muchas jornadas de pesca en su juventud.

—¿Luna de miel? —preguntó con una sonrisa alegre. Tal vez había sido alcanzado por nuestra aura de regocijo y encendidos sentimientos.

Nos miramos a los ojos. Así era justamente.

—Les sugiero una crema de mariscos que tiene fama de ser muy, muy... tonificante —dijo con pícara y amistosa mirada.

No pudimos evitar reír.

Cuando nos quedamos solos, chocamos las copas para brindar por la dicha del encuentro, enlazando nuestros brazos.

—Por la eternidad —dije yo.

—Y desde la eternidad —apuntó ella.

Tras la cena, en la que no recuerdo si hablamos de algo o si sólo dedicamos el tiempo a mirarnos a los ojos, con multicolores mariposas de alegría revoloteando en los campanarios del alma, ella propuso un brindis final.

—¡Por la salvación de este mundo!

La miré extrañado.

—¿Salvación de qué?

Ella me devolvió la misma mirada de extrañeza y dijo:

¿Cómo que de qué? ¿No te informas acaso?

—¿Informarme de qué?

—Calentamiento global del planeta, contaminación, posibilidad de guerra atómica, el terrorismo utilizando armas químicas, bacteriológicas, virales y buscando otras peores; superpoblación, efecto invernadero, desastres naturales en aumento, cambio climático, con el consecuente peligro: desconocidas epidemias, imposibilidad de sembrar y cosechar...

Sus palabras me hicieron tomar consciencia como nunca de los peligros que nos amenazan.

—¿Realmente crees que existe la posibilidad de que la humanidad desaparezca?

—La humanidad... eso no es tan fácil, pero el retorno a la edad de piedra... hay posibilidades. Y para ayudar a que eso no suceda estamos aquí, para cumplir con nuestra misión.

Entonces fue cuando recordé que todavía me quedaba más o menos medio millón de preguntas de los dos millones originales, porque tantas cosas se habían aclarado ya en mí, pero tantas otras faltaban por aclarar, tantas incógnitas aún... El hecho es que desde la noche anterior no pude recordar ninguna de ellas, mi mente había sido totalmente arrebatada por la euforia del encuentro, y allí no había mucho que hablar, y menos todavía, tiempo o ganas de satisfacer curiosidades de tipo metafísico o filosófico. La verdadera vida pasa por otras esferas, por aquellas en las que no tienes preguntas, estás demasiado ocupado bebiendo el delicioso néctar de la existencia como para algo tan anodino, y por otro lado sientes poseer todas las respuestas. Pero ahora no era así, por eso sus palabras me hicieron recordar que ella decía que teníamos una misión, y que sólo los ignorantes se mueren, y que me había mostrado una puerta para llegar a un mundo de las Pléyades instantáneamente, y mil cosas más.

—¿Cuál es nuestra misión?

—Contribuir a elevar el nivel vibratorio de la humanidad para ayudar a que se salve de los peligros que la amenazan y acceda a un nivel superior de existencia.

El mero hecho de pensar en una titánica locura de ese calibre me hubiera parecido un liso y llano delirio mesiánico en boca de cualquier otra persona, pero como ella no era un ser común y corriente ni estaba loca, sino muy al contrario, como era una sabia, comprendí que no estaba jugando, y como el asunto me pareció muy interesante, fingí ser más tonto de lo que soy, para que me explicase mejor.

—Eso es chino para mí —dije, poniendo cara de bobo. Le hizo gracia mi mueca.

—Entonces vamos a caminar por la playa —me invitó, poniéndose de pie mientras me extendía su mano con una mirada que me pareció que prometía tropicales serenatas a la luz de la luna entre las palmeras, al arrullo del cálido mar.

Ella se puso a reír al echar un vistazo a las imágenes de mi mente cuando salimos del restaurante.

—Puedes agregar un concierto de noctilucas, un coro de luciérnagas y tres guitarristas negros entonando embrujadoras baladas de amor, engalanados con collares de flores en el cuello, alrededor de una fogata de leños.

Hizo que me sintiera un poco simplón por lo sencillo de mis imágenes, comparadas con las que ellas me proponía.

—Tienes razón —dije—, mi romanticismo es demasiado elemental. Agregaré tres danzarinas nativas bailando hula-hula...

Volvió a reír.

—Yo no diría elemental, sino al contrario, un poco recargado. ¿Recuerdas... anoche...? Mientras caminábamos por la arena hacia el mar, la miré como diciendo que su pregunta no merecía mi respuesta.

Sin embargo, el sencillo marco para nuestro amor fue simplemente la oscuridad y una leve claridad lunar...

—Es verdad, y fue suficiente para transportarnos al paraíso... —manifesté.

—Porque la belleza no está en las cosas sino en el ojo que las mira, el que las reviste de su propia belleza.

Me hizo comprobar una vez más que realmente era una sabia. Al llegar a la orilla del mar dije:

—Muy poético y verdadero, Elina. Ahora comprendo que para el alma bendecida por la caricia de amor, hasta la oscuridad resulte sublime... Yo casi no pude ver tu belleza, sin embargo...

Su mirada lanzó tres chispitas de luz, luego me dio un beso.

—Pero te has salido del tema, de la belleza te has pasado a la pasión del amor, y el sexo no tiene nada que ver con la belleza, Luc.

Me detuve.

—Un momento, Elina. ¿Has dicho acaso que el sexo no tiene nada que ver con la belleza o lo he oído mal?

—Has oído bien, y tú mismo me has dado la razón al decir que no necesitaste verme para que se produjese algo sublime entre nosotros. Yo tampoco te vi, no hizo falta.

—Pero de alguna forma te imaginaba... estaba tu recuerdo en mí...

—No tiene nada que ver, Luc; aunque jamás me hubieses visto, habría sido lo mismo, porque no hacemos el amor con nuestros cuerpos...

—¡Qué! —la miré jocoso—. Yo habría jurado que era tu cuerpo aquello que...

Vio venir la tonta broma y me atajó:

—Hacemos el amor con las energías de nuestras almas, allí están las afinidades o incompatibilidades, el frío o el fuego, y no en nuestras formas externas. A veces el ojo dice sí, pero la energía dice no, entonces hay frío; mientras que cuando la energía dice sí, poco importa la forma exterior, la raza o la edad. El amor mismo no es el producto de las formas sino de la divina alquimia de las almas.

—Dices toda la verdad, querida Elina, tienes razón. Suena muy curioso, pero es cierto: no nos enamoramos de formas sino de cierto tipo de energía... Imagino que estamos hablando de una elevada forma de amor, porque también existe en nosotros un impulso a enamorarnos de las formas externas.

—Pero eso es fascinación y no amor. Cambia la forma física, la edad tiende su ajado manto sobre la carne y desaparece la fascinación. Mientras que el amor no depende de lo transitorio. El amor es para siempre —dijo, estremeciendo mi corazón con su mirada.

—Y desde siempre —agregué, recordando el brindis, y nos besamos.

Caminábamos internándonos hacia las soledades de la playa, alejándonos del pequeño pueblo de pescadores.

La luna comenzaba a asomar.

Ella, tras eternidades fuera de este mundo, disfrutaba de cada cosa que veían sus ojos, y su regocijo era muy evidente.

Cuando ya estábamos lejos nos sentamos en la arena, entonces le pregunté:

—¿Cómo podemos nosotros dos ayudar a elevar el nivel vibratorio del planeta?

—Primera etapa: ayudando a difundir conocimiento.

—Bueno, a eso me dedico en cierta forma, no olvides que soy profesor.

—No me refiero a ese tipo de conocimiento, sino a conocimiento con mayúscula.

—¿Y cuál vendría a ser la diferencia entre conocimiento y conocimiento con mayúscula?

—El conocimiento al que me refiero es el conocimiento de sí, de lo que de verdad se es, por qué se es y para qué se es, y cómo acercarse cada vez más a lo que realmente se es, y qué debe hacer cada uno con su vida en este tiempo y lugar a la luz de lo que descubrió que es.

Reí, aquello me pareció un ingenioso trabalenguas, pero ella me miraba como esperando la señal de la comprensión en mi rostro. No estaba esta vez.

—Ejem, perdón, Elina. ¿Podrías repetir eso?

—El conocimiento al que me refiero es el conocimiento de sí, de lo que de verdad se es, por qué se es y para qué se es, y cómo acercarse cada vez más a lo que realmente se es, y qué debe hacer cada uno con su vida en este tiempo y lugar a la luz de lo que descubrió que es. Eso en gran escala podría hacer elevar el nivel vibratorio del planeta.

Después de pensar un poco, dije:

—Repito que no me siento especialmente capacitado para esa labor. Tampoco entiendo cómo puede ese conocimiento elevar el nivel vibratorio del mundo.

—El conocimiento de sí va gradualmente ayudando a elevar el nivel vibratorio de cada cual, y como toda vibración influye sobre el medio ambiente, si cada vez más personas se van conociendo y van elevando su vibración, en esa medida se va elevando el nivel vibratorio del planeta.

—¿Y cómo puede el conocimiento de sí ayudar a elevar el nivel vibratorio de cada cual?

Se acomodó mejor para responder.

—Te voy a confesar algo que la gente de este mundo no está preparada para saber, porque le haría mucho daño –dijo, mirándome seriamente. Luego prosiguió–: Los seres humanos terrestres tenemos origen animal, somos animales, un poco más evolucionados que los simios, pero tan animales como ellos, y siempre lo seremos; jamás podremos ser otra cosa. No nos está permitido evolucionar más que hasta donde estamos. El resto es sólo para seres divinos, y nosotros no lo somos ni podremos serlo nunca.

Esa idea le dolió a mi entendimiento. Yo, de alguna forma, pensaba que seríamos algo más que animales, y que algún destino superior nos aguardaría. Bajé la cabeza apesadumbrado. Elina se estaba riendo.

—¿De qué te ríes?

—De ti, porque te has tragado esa mentira. ¡Era una pequeña broma!

—¿Por qué juegas conmigo?

—Para que veas cómo el desconocimiento de sí puede hacer descender la energía, la vibración de una persona –su mirada irradiaba una sonrisa. No soy tan torpe de entendimiento, por eso comprendí de inmediato que tenía razón. Esa información que ella me había lanzado fue una pequeña bomba psíquica.

Mi energía había descendido gracias al poder de una mentira, de una baja idea acerca de mí mismo.

—¿Y qué somos entonces, si no somos animales?

Sus ojos parecieron iluminar la playa mientras respondía:

—Seres divinos, Luc, entidades mágicas, dioses, hijos de la Divinidad...

Y al escuchar aquello, olvidando por completo que no creo en algo así como «la Divinidad», mi ser se encendió de alguna clase de poder, me sentí capacitado para realizar milagros, me pareció que me bastaría con extender la mano hacia el cielo para pedir una tormenta.

—Es así como el conocimiento de uno mismo es capaz de elevar la energía, Luc. La gente no sabe que puede hacer cosas como esa que acabas de imaginar —dijo, extendiendo su mano derecha con la palma hacia el cielo y de la nada comenzaron a materializarse nubes que se iban arremolinando sobre el mar a gran velocidad. Muy pronto comenzaron a surgir destellos de entre ellas, hasta que repentinamente un resplandor iluminó el cielo, el mar y la costa. El fragor de un trueno cabalgó por la noche de la isla.

—Por ser hijos del Creador tenemos potestad sobre los elementos —afirmó concentrada, observando la tormenta, con su mano derecha aún levantada. Luego la bajó y elevó la izquierda hacia lo alto. Su mirada se transfiguró, adquiriendo gran autoridad. Enseguida todas las nubes comenzaron a desmaterializarse, hasta que el firmamento volvió a quedar límpido y claro en pocos segundos.

Cuando ella me miró alegre, como quien acaba de hacer alguna gracia, yo, sobrecogido, no pude sino emitir un enorme...

—¡¡¡Guaaaaaau! !!

Y luego aplaudí lentamente tres veces, sin ser todavía capaz de encontrarme con la mirada de aquella diosa.

—Podemos hacer eso y mucho más, Luc; pero la gente no lo sabe porque no se conoce, y por eso es esclava de la mentira, de lo falso, de lo que no es, y por eso mismo no puede vibrar alto, como está plenamente capacitada para hacer, y debido a que la gran mayoría se halla en el mismo caso, todo el planeta está vibrando bajo.

—Y como «lo que vibra bajo hace mal» —dije—, todo el planeta peligra. Comprendo. Todo está muy claro. Aquí reina la ignorancia acerca de lo que realmente somos. Y yo mismo no soy ningún experto en la materia... ¿Entonces cómo podemos nosotros dos ayudar a que la gente se conozca?

—Fácil —respondió.

—Mejor entonces. ¿Tendrías la amabilidad de decirme concretamente «cómo»?

—Hoy las ideas se difunden con rapidez por el mundo, Internet, radio y televisión por vía satélite, en fin. Un libro, una película, una canción y otras iniciativas de difusión de conocimiento podrían ayudar aceleradamente. Aunque algo haya en ese sentido, siempre es mucho mayor aquello que difunde el desconocimiento. Ya veremos qué y cómo, pero hacer algo en ese sentido sería la primera parte de la misión.

—¿Y cuál sería la segunda?

—Esa no es tan fácil. Consiste en ayudar a la generación de una gran «Ola de Luz». Debemos tratar que un gran sector de la humanidad se concentre en irradiar pensamientos positivos al mismo tiempo y de manera constante, regular. Si se consigue generar la «carga» positiva necesaria, nuestra humanidad pegará un gran salto energético que nos permitirá pasar a formar parte de una realidad más elevada instantáneamente.

—¿¡Instantáneamente!?

—«Como un ladrón en la noche» —dijo, y yo comprendí que se refería a una cita bíblica que anuncia un cambio súbito en el mundo, y con mi mentalidad científica, pensé en un salto cuántico.

Ella prosiguió:

—Ese será el comienzo de nuestra historia y el fin de la prehistoria llena de dolor en la que hemos vivido desde siempre. Es eso lo que se intentó hacer en aquella civilización del pasado, cuando el Sol estaba delante del signo zodiacal de Leo. En aquel tiempo trataron de cargar con energías psíquicas positivas ciertos cristales de gran tamaño y convertirlos en acumuladores de éstas, para luego, cuando la carga fuese suficiente, generar la Ola de Luz.

—«Acumuladores de energías psíquicas», «Ola de Luz»... Todo parece delirio-ficción, pero te escucho, Elina, aunque no comprendo por qué antes se recurrió al uso de cristales, en lugar de hacerlo como dices que se debe hacer ahora, colectivamente.

—Porque antes no estaba toda la humanidad en contacto, como ahora. En aquel tiempo había sectores viviendo en la edad de piedra y otros teníamos un conocimiento cósmico. Ahora prácticamente todos estamos informados de todo lo que sucede en el mundo, por eso podemos intentar una gran irradiación simultánea de Energías-Luz, y sin recurrir al uso de aquellos cristales, que por otra parte ya no existen. Esos fueron traídos al planeta por nuestros antepasados estelares...

—«Antepasados estelares»... Está bien, tomo nota, continúa, por favor —dije. Ella sonrió.

—Esos cristales se destruyeron en el cataclismo final de aquel continente, y ahora sus fragmentos yacen inservibles en el fondo del mar.

—Estamos hablando de la Atlántida, ¿no?

—Ya sabes que sí, y por eso felicitaste a Platón, que fue quien primero mencionó a la Atlántida.

—Y ahora que lo recuerdo, la linda idea de las almas gemelas también tiene el mismo origen. Doble aplauso al genial ate-
niense, entonces.

—Se lo merece, Luc.

—Tú y yo somos ex atlantes y almas gemelas al mismo
tiempo. Perfecto, las cosas son mucho más bonitas de lo que
creemos, tanto mejor, pero qué difícil es habituarse a todo eso...

—Es verdad, nos es mucho más fácil habituarnos a las historias y posibilidades horribles, porque estamos acostumbrados
a eso. Con mucha más rapidez aceptamos el sufrimiento que la
felicidad, porque al primero lo conocemos mucho mejor, y ese
es justamente el patrón mental que debemos ayudar a cambiar
en el mundo. Ella no dejaba de deslumbrarme, e inquietarme al
mismo tiempo.

—Debí haber supuesto que el Universo no iba a permitir
la llegada de un ser tan especial como tú para cosas pequeñitas,
sino para cosas monumentales... Aunque no sé si estoy capacitado para acompañarte, no lo creo.

—Las grandes cosas comienzan siendo pequeñitas. Te guste o no, esa es nuestra misión, Luc.

—»Nuestra»... Y sólo tú lo sabes todo.

—¿Has olvidado que somos lo mismo?...

—Ah... sí... En otro plano de mi consciencia me parecería
que lo que dices es verdad, como ya sabes, pero eso está lejos,
como si fuera en otra dimensión, como en un sueño; no en esta
vida real. Aquí somos muy diferentes, y yo sé tan poco acerca de
ti...

—Sin embargo, hace muy poco pudiste ver mucho de mi
pasado, tanto dentro del palacio sumergido como imágenes de
mi infancia...

Ella tenía razón, pero ahora sólo tenía un borroso recuerdo de lo que antes me había parecido ver con gran claridad. Eso

se debió tal vez a que cuando comprendí su soledad infinita, mi alma, estremecida de compasión, activó ocultas zonas de mi consciencia, permitiéndome experimentar realidades muy extrañas para mi mente común.

—Y también te pareció reconocerme, cuando me ibas a besar...

—Es cierto, Elina, aunque en estos instantes, todo lo que he visto antes me resulta lejano y difuso, como si hubiese sido una fantasía mía. Una vez leí que somos como un témpano de hielo, porque alcanzamos a ver sólo una décima parte de nosotros mismos.

—¿Me creerías si te digo que sólo vemos una milmillonésima parte de lo que en realidad somos?

—¿Qué?... Vamos... No exageremos. Digamos más bien una veintoava parte, nada que un buen psicoanálisis no pueda arreglar... —dije, jugando a representar el personaje del científico arrogante, escéptico, fatuo y soberbio; superficial en el fondo.

Me dio otro beso en la mejilla y añadió:

—Estás muy loco —y sonrió con ternura, y yo reí alegre al recordar su graciosa forma de decir aquello, cuando nos conocimos junto a la laguna y me pareció que yo le gustaba. «Estaba en lo cierto», pensé con satisfacción, y le devolví el beso con el corazón encendido.

Capítulo 12

Las Pléyades

—Ahora que estás más armonizado, vamos a intentar de nuevo pasar hacia las Pléyades –propuso mientras se concentraba y extendía sus palmas hacia un punto frente a nosotros, para materializar allí el marco de un paso dimensional.

Esta vez no apareció un jardín sino un prado bajo la luz del día, de un día que tenía un color distinto, menos deslumbrante que los nuestros, con tonalidades cromáticas tendentes hacia las gamas violeta, rosa o lila.

Unas blancas y bajas construcciones se divisaban a lo lejos, al fondo. En las cercanías de ellas... ¡pululaban algunas personas vestidas de colores claros! Otras se desplazaban en una especie de pequeños automóviles abiertos. También pude divisar una gran variedad de luces desplazándose más rápido o más lento por aquellos aires en el más completo silencio, y comprendí que se trataba de vehículos aéreos, tal vez los mismos que llegan ocasionalmente a nuestros cielos provocando expectación, temor o incredulidad, pero allí nadie reparaba en ellos.

Elina se puso de pie y caminó hacia la pantalla o lo que fuese.

—Esta vez estamos observando otro planeta de una estrella de las Pléyades —dijo, mientras entraba a ese otro mundo.

Lo que más me estremecía era ver aquellos seres humanos moviéndose plácidamente al fondo del paisaje.

—Ven, Luc —me llamó desde el interior de ese mundo. Yo permanecía aún sentado en la arena.

—No me digas que esos seres que estoy viendo son... ¿extraterrestres?... —pregunté, con un poco de aprensión.

—Bueno, son personas de fuera de la Tierra. Sí, entonces son «extra-terrestres» —respondió, sonriendo divertida—. Ven, trata de entrar ahora.

Para ella, todo eso parecía tan normal como tomar una gaseosa, ¡PERO YO ESTABA CONTEMPLANDO SERES EXTRATERRESTRES!

—¿Esos seres son... amistosos?

—Los únicos seres no amistosos que podrás encontrar estando a mi lado están en tu propio planeta, Luc. No temas nada. Ven —repitió, extendiéndome su mano desde la distancia.

Me puse de pie, pero no me atreví a avanzar.

—Acércate.

Caminé hacia el marco iluminado. Al llegar a él, nuevamente sentí esa especie de electricidad, y retrocedí asustado. Ella se estaba riendo.

—Tienes que calmar tu mente, Luc.

Vino a mi lado cruzando la puerta dimensional y tomó mis manos.

—Vamos a elevar tu energía. Cierra los ojos y respira pausadamente procurando no pensar en nada.

Traté de hacerlo lo mejor que pude, recordando las clases de yoga que alguna vez había tomado. Después de unos minutos, cuando estaba más armonizado, ella dijo:

—Así está mejor. No abras los ojos por ahora. Simplemente sígueme.

Comenzó a atraerme hacia adelante y yo me dejé llevar.

—Cuando pasemos la puerta vas a sentir un pequeño hormigueo, pero eso es normal, no es electricidad justamente, así que tranquilo. Confía en mí. Pasaremos sin apresurarnos. Vamos.

Un poco más adelante sentí de nuevo aquella vibración. Era como si un zumbido recorriese todas mis células, incluso las del interior de mi cuerpo. Quise aligerar el paso para salir pronto de esa zona incómoda, pero ella me lo impidió.

—Calma, Luc. Es mejor que pases despacio para que todo tu organismo se adapte armoniosamente al reacomodamiento energético, y para que ciertos microorganismos de tu cuerpo, que no soportan energías tan elevadas, no puedan pasar a este otro mundo. —Dejé que ella decidiese el tiempo necesario, sobre todo porque muy pronto comprendí que esa sensación no era ingrata sino al revés—. Cuando se deja de oponer resistencia o se elimina el temor se vuelve agradable. —Sentí que esa tonificante energía limpiaba de elementos negativos mi mente, cuerpo y sentimientos, y que me impulsaba a sentirme bien, muy bien, mejor que nunca.

—Ahora puedes abrir los ojos.

Tuve la impresión de haber llegado súbitamente al cielo, primero porque me sentía extraordinariamente liviano, positivo y feliz, y segundo porque ese lugar era lo más extraordinario que yo haya visto jamás en toda mi vida.

—Bienvenido a las Pléyades –exclamó alegre Elina, dándome un beso, pero yo no la vi ni me di cuenta, porque mi atención estaba completamente dedicada a contemplar aquel mundo nuevo para mí.

—Aquí no hay nada peligroso, al contrario; todo te hará bien en este lugar, porque estamos en una realidad energética más elevada que el mundo que nos vio nacer.

No me cupo la menor duda. Todo allí tenía el radiante sello de las realidades pertenecientes a un orden superior de existencia, todo era diáfano y puro, todo tenía la levedad y delicadeza de lo virginal. Los suaves matices rosa del cielo teñían todas las cosas. Miré hacia lo alto. No uno sino seis o siete soles, todos bastante más pequeños que el nuestro y de diferentes colores, iluminaban aquel extraño día que, a pesar de la abundancia de luminarias diurnas, era mucho menos deslumbrante que un mediodía terrestre. El aire tenía otra frescura, estaba impregnado de un suave perfume de hierbas o flores, y me hizo recordar la sensación que produce algo mentolado. Cada inspiración parecía purificar de alguna forma mi organismo.

Ella reparó en lo mismo:

—¡Este aire es espléndido! Para mí también son estas las primeras experiencias en otro mundo en cuerpo físico, Luc. Antes, desde la laguna, sólo había podido echar vistazos lejanos, como quien ve una película.

Esa «gente» entraba o salía de aquellos blancos edificios, muchos de ellos semiesféricos, otros me hacían recordar la arquitectura griega, azteca, maya o egipcia, aunque no divisé ninguna construcción de características gigantescas.

Elina me tomó de la mano y comenzamos a acercarnos hacia el sector más concurrido.

—¡Esos seres son idénticos a nosotros! —exclamé sorprendido cuando contemplé a los que estaban más cerca de nosotros.

—Claro, Luc; no te iba a llevar a un mundo habitado por seres demasiado distintos, porque te podrías asustar.

Las tipologías de aquellas personas no se diferenciaban en lo más mínimo de aquellas que se pueden encontrar en una importante capital europea, es decir, muchísimas variedades. Individuos de piel más clara o más oscura, cabellos rubios, canos, castaños o negros; éstos últimos eran los más abundantes. Rasgos parecidos a los occidentales, asiáticos, indígenas, africanos y de ciertas curiosas tipologías que yo no había visto jamás. Las mezclas allí eran muy evidentes, porque pude ver gran cantidad de individuos, de ambos sexos, parecidos a los negros o a los asiáticos, de ojos claros, muchos de ellos rubios. Algunos eran altos y delgados, como Elina y yo, otros mucho más, y también los había pequeñitos, con todas las estaturas intermedias; pero todos ellos poseían una gran belleza física.

—La armonía con la vida, la satisfacción interior, permite a la vida expresar su propia belleza en sus criaturas –explicó Elina.

Comprendí que esa era la clave, porque nadie allí parecía insatisfecho o preocupado.

—¿Esa semejanza con nosotros es casual? –pregunté, y ella se rió.

—¡Por supuesto que no! Casi todos ellos descienden en todo o en parte de la raza de nuestros antepasados estelares.

Poco antes, ella había mencionado a esos antepasados, aunque yo dejé esa idea en el área de las cosas sin comprobar y no le presté más atención; pero ahora que tenía ante mis ojos a todas esas variedades humanas, en un mundo que no era el nuestro... aquello echaba por tierra todos mis conceptos de evolución.

—Eso quiere decir que Darwin...

—La evolución de las especies es una realidad, Luc, pero el ser humano no es solamente un mono evolucionado; es algo más que eso.

—Adiós al eslabón perdido entonces...

—Eso no se encontrará jamás, porque no existe.

—¿Y qué es entonces el hombre?

—Un descendiente de aquella raza cósmica, de nuestros antepasados celestes, los colonizadores galácticos. Por muchos mundos se expandió la raza original, llegando a adquirir una gran variedad de tipologías con el tiempo, conforme al medio ambiente.

Aunque distinguí varias clases de indumentarias y colores, la gente mayoritariamente vestía con un sencillo paño, por lo general blanco, abierto en el cuello, que dejaba los hombros al descubierto y llegaba apenas hasta las rodillas, aunque también los había mucho más largos. Casi todos ellos utilizaban especies de sandalias o zapatillas ligeras de las más diversas formas. De vez en cuando aparecían extraños seres vestidos de maneras completamente distintas.

—Son visitantes de otros mundos, igual que nosotros –me aclaró Elina.

Eso me reconfortó, porque ya me estaba comenzando a sentir como un mamarracho en ese mundo, con mi camiseta de playa, mis pantalones cortos y mis gruesas y chillonas chancletas de plástico.

Por ninguna parte vi el típico traje ajustado, de tela plateada o gris, de las películas de los extraterrestres, y me quise reír de nuestras fantasías terrestres al respecto, pero ella leyó mi mente y explicó:

—En el centro de cualquier ciudad terrestre tampoco verás a nadie vestido de astronauta.

Comprendí que para misiones interplanetarias, aquellos extraterrestres sí que podrían vestir así.

—Claro, un traje ceñido permite mayor facilidad de movimiento en caso de dificultades.

No tuve tiempo de preguntar nada, porque una pareja que venía alejándose de los edificios, al vernos se nos aproximó amablemente. Cuando llegó a nuestro lado y vi sus ojos desde cerca, me pareció que no eran humanos como nosotros. ¡Qué miradas! ¡Qué potencia la de aquellos cordiales y felices ojos! Parecían penetrarte hasta el alma.

—Bienvenidos a Shima, nuestro mundo —dijo la bella dama de ojos azules en perfecto inglés, aunque con un acento extranjero bastante marcado.

Yo sólo pude sonreír incrédulo y dije:

—Muchas gracias... pero... ¿cómo ha sabido usted que nosotros hablamos inglés?

Elina me explicó:

—Ellos ya saben todo acerca de nosotros, Luc, porque echaron un vistazo telepático a nuestro interior. Además tienen la capacidad de absorber en un instante todo el conocimiento que poseemos acerca de nuestro idioma. Por eso pueden comunicarse con cualquier ser inteligente del Universo, aunque éste no domine la telepatía.

Me sentí atemorizado ante la potencia psíquica de aquellos seres, y para salir del paso recurrí a una broma.

—Entonces ya estarán enterados de que me llamo John y que provengo del planeta Marte...

Nosotros dos nos reímos; ellos sólo sonrieron con amabilidad.

—Pueden circular libremente por donde deseen hacerlo. Elina es una buena guía para ti, «John» —dijo con una mirada cómplice el hombre, que tenía los ojos negrísimos y vivaces. Luego nos tomaron de las manos, mirándonos con gran intensidad, como irradiándonos algo positivo.

—Nos complace mucho que os hayáis reencontrado y que la etapa de oscuridad y soledad de vuestras almas haya llegado a su fin. Os deseamos mucho éxito en vuestra misión en aquel afligido mundo.

Ellos lo sabían todo sobre nosotros. Tuve la impresión de no estar en un mundo material, sino en algo más parecido al cielo, y no frente a seres humanos sino a ángeles. La mujer apretó mis manos, reconfortándome, y dijo:

—No es así, querido amigo; detrás de la transitoria cáscara de tu personalidad terrestre, tú eres idéntico a nosotros, y todos los que habitan en tu mundo también lo son.

Pensé que aquello sonaba muy bonito, pero recordé a los grandes canallas... Ellos no parecían ni remotamente idénticos a esa pareja de seres angelicales. Pero yo no necesitaba hablar, porque ellos captaban mis pensamientos de inmediato.

—Debajo de la oscura nube de bajas energías que rodean a tu mundo y a la gente que lo habita, resplandece la Luz de los hijos de la Divinidad. Vuestra misión es la de ayudar a despejar esa oscura nube para que el Amor de Dios resplandezca en vuestro mundo y en cada uno de sus moradores.

No sé qué me ocurrió, pero ante esas palabras me emocioné tanto que no pude evitar algunas lágrimas. La mujer me abrazó, y sentí que el Cielo, Dios, algo así, me abrazaba, y más me emocioné, hubiera querido quedarme allí para siempre.

—Ni yo ni mi amado estamos habituados a tan amorosas y elevadas energías —les explicó Elina emocionada y con la voz quebrada.

El hombre pareció conmoverse y extendió un brazo hacia Elina y otro hacia su mujer y yo, nos acercó suavemente a unos contra otros y permanecimos largos instantes allí, formando una sola expresión o manifestación del amor, todos con los ojos cerrados, Elina y yo lagrimeando.

Luego nos asimos todos de las manos, mirándonos a los ojos. Yo sentí que esas poderosas y afectuosas miradas querían decirme «Ánimo, todo irá bien, el Poder del Amor está con vosotros».

—Hasta pronto, hermanos —dijeron después con una amable sonrisa, y se fueron.

Cuando nos quedamos solos, con los ojos aún húmedos miré a Elina y le dije, un poco riendo, para disimular mi emoción:

—Esto no puede ser, yo que era tan escéptico, tan poco místico, heme aquí ahora, poco menos que llorando a moco tendido ante expresiones tan ajenas a mi vida como «el Amor de Dios»...

—No eran las palabras, Luc, era la energía que ellos irradiaban.

—¡Qué personajes entonces! –exclamé.

Ella me explicó que la pareja eran personas normales en aquel mundo, y que todos tenían esa misma potencia interior.

—Aquí me siento más cerca de mi primo el mono...

Elina me tomó del brazo para que nos acercásemos a uno de aquellos edificios. Mientras caminábamos dijo:

—Ya te expliqué que no somos monos evolucionados, Luc. Te hablé de seres superiores a los extraterrestres, seres inmateriales, seres divinos. ¿recuerdas?

—Claro, ese «Algo» que está detrás de las religiones y de aquel «meteoro».

—Bien. Seres muy cercanos a esos elevados niveles de existencia son nuestro origen supremo, nuestro y de estos hermanos que andan por aquí.

—Esto se va complicando. No descendemos del mono sino de los dioses...

—Somos dioses, Luc.

—Pero por lo visto estamos bastante más atrasaditos en cuanto a calidad divina que estos primos nuestros, no tú, pero yo sí...

—Unos más, otros menos, pero todos somos dioses olvidados de su propia divinidad, dioses dormidos, dioses que sueñan la pesadilla de no ser Dios.

Me quedé pensando en su afirmación. Al cabo de un tiempo y en tono de broma dije:

—Yo no me siento especialmente divino hoy...

—Porque no te conoces, porque estás dormido a tu realidad superior, ella pertenece a esas «diecinueve partes» de ti mismo que no has podido ver todavía.

—Entonces resulta que soy un ser de origen divino...

—Toda criatura capaz de intuir, concebir o presentir la divinidad es de origen divino. Aquello que presiente es su propia identidad superior.

Esas palabras me dejaron paralizado.

—Impresionante, Elina, como para esculpirlo en bronce; sin embargo, en la vida yo no he hecho más que aplicar mi «Método Lucas», y sin declararme ateo y negar la existencia de Dios, me he mantenido alejado de consideraciones religiosas mientras no pudiese comprobar su realidad, por lo tanto me siento discriminado por tu magnífica frase. ¿Y qué pasa con los escépticos?

Una sonrisa iluminó su mirada.

—El escepticismo o agnosticismo es el nombre filosófico de un sistema bastante parecido al «Método Lucas»... –remarcó claramente, como para hacer notar mi falta de información.

—Oh, ¿sí? ¿Y quién se atreve a plagiarme? –dije, bromeando.

—T. H. Huxley.

—Le pondré una demanda entonces...

—Acuñó el término en 1869...

—... Entonces logró entrar a una dimensión más allá del tiempo y desde allí me plagió. Hay cada descarado... ¿Qué pasa con el agnosticismo?

—Eso no es más que el producto de un transitorio sistema de ideas en el que suele quedar atrapada por un tiempo la criatura divina en el camino de su evolución. Una vez que ésta comprende que el acceso a realidades transcendentes pasa por áreas diferentes de lo racional, entonces queda más capacitada para acceder a esa dimensión superior.

Yo no me había negado el acceso a esa «dimensión superior», sólo lo estaba postergando. Pero la divinidad de nuestro origen me resultaba una idea muy difícil de digerir.

—Y si descendemos de dioses, ¿por qué nos parecemos tanto a los animales?

Elina pensó unos instantes antes de responder.

—Porque para descender a los mundos materiales, los seres divinos necesitan de un vehículo material, de un cuerpo físico adaptado a las características del medio ambiente al cual desean descender, un cuerpo que por un lado, biológicamente, es de origen animal; pero que recibió además la chispa de la divinidad, el espíritu de esos seres divinos. Es por eso por lo que nosotros somos hijos del cielo y de la tierra.

—Pero ha predominado nuestra parte animal por lo visto... lo digo por lo bestias que somos. El hombre es el lobo del hombre...

—Te equivocas, Luc. No somos malos por ser animales o por pertenecer a la naturaleza, sino por habernos apartado de ella. El lobo es solidario con el lobo, porque está en armonía con la naturaleza, y si el hombre también lo estuviese, nuestro planeta sería un paraíso; pero no lo es porque nos hemos apartado de la sabiduría de la naturaleza y de la divinidad que se encierra en nuestro interior.

Aquello me pareció tremendamente interesante.

—¿Y por qué, cuándo y dónde se produjo esa desconexión?

—Cuando las fuerzas de lo energéticamente inferior tomaron el control de nuestro mundo. Eso ocurrió cuando nosotros fracasamos, hace milenios. No alcanzamos a generar una Ola de Luz que fuese capaz de elevar la energía de todo nuestro entorno, y como resultado, el Mal nos destruyó a nosotros y quedó al mando de este mundo.

—¿El «Mal»? Yo aprendí gracias a ti que sólo hay vibraciones o energías, altas o bajas...

—Y así es, pero también aprendiste que hay «entidades» de planos bajos y altos... y también que «lo que vibra bajo hace mal». Pues esas entidades vibran muy bajo y hacen vibrar bajo a todo lo que esté cerca, y eso nos hace mal, igual que los virus y bacterias que intentan invadirnos y devorarnos si las dejamos, por eso, y para generalizar lo llamaremos «el Mal».

—Está bien... No me digas que nuestro planeta está bajo el dominio de esas entidades...

—Eso es evidente, Luc; en caso contrario, reinaría la cordura en él... ¿No te parece?

—No, no entiendo cómo entidades inmateriales podrían tener el poder sobre nuestro mundo. Quienes tienen el poder son grupos humanos formados por personas, no «entidades»...

—¿Y quién crees que inspira a ciertas personas poderosas a actuar mal? ¿No alcanzas a ver allí una especie de «posesión»?

—Interesante, pero demasiado esotérico para mi gusto... El acontecer histórico es motivado por resortes bastante más lógicos y coherentes...

Ella sonrió como con paciencia ante mi inocencia y preguntó:

—¿Te parece muy lógica y coherente la Inquisición, el intento nazi, la bomba de Hiroshima?...

Enmudecí. Comprendí que a veces el comportamiento humano escapa a toda lógica.

—Porque hay «algo» que motiva ese comportamiento...

Tal vez ella tuviera razón; tal vez sí hubiese fuerzas inmateriales, oscuras o luminosas, detrás de las acciones humanas. Me quedé pensando un poco y luego pregunté:

—¿Qué necesidad tenían esos seres divinos de encarnar en cuerpos medio animales?

—Espiritualizar o divinizar la materia y la vida, elevar las frecuencias vibratorias de las humanidades y los mundos. La divinidad y el amor son la misma cosa, Luc, la misma fuerza, una fuerza que sólo quiere llevar el Bien y la Luz, elevar la frecuencia energética, dondequiera que vaya, por eso necesita extenderse y abarcar lo máximo posible, convertir fríos y muertos trozos de roca a la deriva en los espacios siderales, en mundos llenos de vida y de luz, en jardines.

—Interesante...

—La divinidad entró en una raza cósmica que se expandió por las estrellas sembrando su sabiduría. Ellos son nuestros Celestes Antepasados. Hace milenios nos proporcionaron los materiales para crear una magnífica civilización, la misma de la que provenimos, y que cayó en manos de las fuerzas del Mal y sucumbió. El propósito superior de nuestros Antepasados era el de civilizarnos, humanizarnos, divinizarnos, prepararnos para que quedásemos equiparados con otras civilizaciones cósmicas, como la de este planeta llamado Shima, para que pudiésemos entrar en la Confraternidad Universal de Mundos.

—¿Qué es eso?

—Todos los mundos que han alcanzado cierto nivel, el nivel en donde ya no hay más injusticias ni violencia ni competencia ni dolor, sino hermandad, paz y cooperación, forman parte de esa Confraternidad y esperan que también nosotros podamos integrarnos en ella.

Otra serie de sorprendentes explicaciones. Quise recurrir a mi «Método Lucas», ahora llamado «agnosticismo» para mí, que de filosofía sé muy poco, y dejarlas en el terreno de lo posible, aunque sin darlas por sentado, pero al mirar a aquellos avanzados seres que nos rodeaban comprendí que todo lo que ella decía no podía sino ser toda la verdad.

Habíamos llegado a la entrada de un edificio que a mí me pareció un templo. Muchas personas transitaban por el lugar. Por lo general no nos prestaban una gran atención, pero todos ellos nos obsequiaban con una atenta sonrisa al toparse con nuestros ojos, y nadie parecía hacer el menor caso de mi indumentaria, lo cual me dejó todavía más tranquilo.

—Ellos no miran lo externo, Luc, y están acostumbrados a recibir visitas foráneas —me aclaró Elina.

Pronto reparé en que nadie hablaba allí.

—No necesitan hacerlo, ya has visto que dominan a la perfección la telepatía —me explicó ella en voz muy baja mientras entrábamos al lugar—. Pero yo puedo «escucharlos» y por eso te informo de que son muy comunicativos.

Entonces fue cuando por vez primera probé a dirigirme hacia Elina telepáticamente, quiero decir simplemente pensando.

«Entonces resulta que el único burro que no sabe telepatía en este mundo soy yo». Ella sonrió al mirarme, porque me había comprendido.

«Ya aprenderás», me pareció que me decía con sus ojos, e inmediatamente exclamó:

—¡Muy bien!

Y después me dijo al oído:

—Eso fue lo que te envié telepáticamente: «ya aprenderás».

«¿En serio?», pensé muy contento.

«Claro, Luc», sentí que me respondía, y luego me apretó cálidamente la mano, porque yo estaba dando mis primeros pasos en un arte reservado sólo a ciertos seres humanos. «A quienes tengan ganas de internarse en él», me transmitió ella, y no pude creer que yo hubiese comprendido una frase tan larga, por eso le pregunté al oído:

—¿Realmente has pensado eso?

«Estás avanzando muy rápido, Luc». Me dio un beso en la cara.

Y de ahí en adelante, no queriendo desentonar con el lugar haciendo ruido con mi voz, decidí prestar toda mi atención para tratar de «conversar» con ella de manera simplemente telepática.

Entramos a una especie de salón de espectáculos o cine ultramoderno que estaba a media luz. Era muy parecido al aula magna de mi universidad, con varios desniveles, pero con una gran diferencia: el escenario no estaba ubicado al fondo, sino en el centro de aquel gran recinto perfectamente circular. Multicolores efectos de iluminación le daban una atmósfera muy etérea y mágica a la sala, totalmente alfombrada de diferentes matices de azul, igual que los acolchados sillones. Éstos estaban mucho más separados entre sí que los de nuestros salones de espectáculos o cines, pero podían desplazarse hacia los costados por un riel, de esa manera las parejas y amigos podían aproximarse más entre sí. «Qué buena idea. Allí estás obligado a permanecer pegado a gente desconocida», pensé con entusiasmo. Entonces me llegó la respuesta de Elina, que no vino envuelta en palabras, sino en imágenes, o más que eso. Fue como si un solo bloque telepático tuviese una gran cantidad de información. Así, en un instante comprendí toda la siguiente cadena de ideas:

«A pesar de que ellos tienden a la unión y no a la separación, por otro lado cuidan más sus "cuerpos energéticos", sus auras, especialmente cuando van a concentrarse en algún espectáculo o exposición de ideas, porque necesitan de una gran "pureza energética" –lo cual quiere decir "ser uno mismo"– para recibir a la perfección lo que van a presenciar, y por eso evitan mezclar sus auras con las de otras personas durante esos momentos tan intensos. Las auras en ellos alcanzan unos cincuenta centímetros de distancia de sus cuerpos, por eso los asientos están más separados que en la Tierra. Pero cuando ya tienen vínculos de amistad o cariño con algunas personas conocidas, entonces voluntariamente mezclan sus auras con su pareja o grupo de amigos o familiares, llegando a formar una sola mente o aura colectiva, una mente grupal, y en esas ocasiones prefieren acercar más sus asientos. Lo mismo sucede en la Tierra, aunque la gente no se dé cuenta, por ejemplo al presenciar un espectáculo deportivo, entonces todos los seguidores de un equipo se transforman en una sola mente grupal».

Mientras aproximábamos un par de asientos miré sorprendido a Elina preguntándole si era verdad que ella me había enviado todo ese «paquete de información». Con una complacida sonrisa me dijo que sí.

Allí abajo, en el centro, sobre el escenario, hizo su aparición un hombre. Saludó con una venia, repitiéndola hacia distintos sectores del auditorio, luego expresó algo telepáticamente mirando hacia el público. Éste levantó las manos moviendo los dedos, y yo comprendí que aquello significaba silenciosos «aplausos».

«Se va a presentar una artista», me transmitió Elina, y yo me sentí contento una vez más de poder comprender lo que ella pensaba, pero a la vez me molestó no captar directamente de la mente del presentador.

«¿Por qué a ti te capto mentalmente y a otras personas, como el animador, no?». «Conmigo te resulta muchísimo más fácil porque somos lo mismo, pero ya irás aprendiendo».

Comprendí que tendría que practicar mucho antes de ser realmente telépata, porque quien lo es de verdad lo es con cualquiera, y no sólo con su amor eterno, como yo.

Entró una joven elegantemente ataviada, su vestido largo casi rozaba el suelo. Saludó con una venia, explicó algunas cosas y luego se sentó en un asiento destacado junto al escenario. Una vez allí se concentró, las luces de la sala se apagaron, quedando sólo un reflector sobre el proscenio, el cual arrojaba una luz azul claro sobre el círculo central. Hermosos sonidos musicales comenzaron a llenar el ambiente. No me resultaron extraños, porque me gusta jugar con un sintetizador de sonidos en mis ratos libres, pero la armonía de aquella música asombrosa comenzó a emocionarme de una forma muy nueva para mí.

De pronto comenzaron a aparecer formas bajo el rayo de luz azul, formas tridimensionales que parecían ir construyéndose a partir de miríadas de átomos flotantes, y poco después, para mi asombro, esas figuras adquirieron vida y color propios, y un paisaje irreal, pero plenamente definido, cobró consistencia y cuerpo sobre el escenario, y se transformó en un iluminado palacio ubicado en la cima de un acantilado, junto a un extraño mar nocturno. Bajo el arco de la puerta la silueta de una mujer miraba hacia la lejanía. Avanzó hacia el precipicio y empezó a volar como si fuese un ave, danzando por aquellos cielos al son de los compases musicales.

Mi emoción aumentó hasta erizarme la espalda. Pensé que aquello sería la proyección de un holograma mediante rayos láser.

«Es una materialización del pensamiento de la mujer que está concentrada en su asiento», me transmitió Elina.

Tuve que mirarla, como preguntándole si yo había entendido bien. Ella asintió seriamente con un leve movimiento de su cabeza.

Comprendí que aquello era un maravilloso «cine» que salía directo de la mente del autor, cobraba forma, consistencia y color y llegaba al público... También entendí que aquella «producción» resultaría muy barata, sin sueldos de actores, sin camarógrafos, sin tener que preparar escenarios...

«Pero con una gran inversión de tiempo y concentración en su ensayo», me «dijo» Elina. «Si ella se desconcentrase en estos momentos, las imágenes y la música desaparecerían». «¡La música! No me digas que esa música también sale directamente de su mente»... «Así es, pero antes de llegar a nosotros pasa por los amplificadores y altavoces de la sala». «Guauuu... ¿Y cómo es posible que...»

«Shhhh... No hagamos más "ruidos mentales" para no desconcentrar a la artista». «¡Gulp!».

Presenciamos toda una estremecedora historia mística en la que la mujer va ascendiendo a planos cada vez más sutiles y hermosos hasta por fin fundirse con la Divinidad. Al final del espectáculo, con las luces encendidas y la artista en medio del escenario, el público prorrumpió en un eufórico aplauso sincero, pero con las palmas de las manos ahuecadas para evitar sonidos estridentes.

Capítulo 13

La fuerza motriz
del Universo

Debo aclarar que a partir de mis primeras incursiones telepáticas comenzamos a utilizar cada vez más aquel sistema de comunicación, y ya no recuerdo qué partes de nuestro diálogo eran verbales y cuáles telepáticos; debido a eso lo contaré casi todo como si hubiese sido hablado, aunque no haya sido necesariamente así.

Una vez al aire libre, descubrí que el día tenía un color distinto, más verdoso. Ello se debía a la aparición tras el horizonte de un nuevo sol de tintes azulinos, y al ocultamiento de algunos otros.

—¡Aquí los colores del día van cambiando continuamente!

—Así es, Luc, y la gente programa sus actividades aprovechando los diferentes tipos de energías que cada configuración celeste brinda. En la Tierra se podría hacer lo mismo, porque los planetas también irradian distintos tipos de energía.

—El problema es que nosotros los científicos no hemos comprobado que esas energías tengan ninguna influencia sobre nuestro mundo.

—Y por eso mismo, antiguamente no se hacía nada en contra de los microbios, porque como los científicos no habían comprobado su existencia, sencillamente no existían...

Reímos, aunque yo un poco amargamente. Encontramos un estacionamiento de esos vehículos terrestres abiertos. Elina me invitó a subir a uno de ellos.

—¡Espera!... ¿Y si viene su dueño?

Ella se echó a reír.

—Estos vehículos son de uso público, Luc.

—Ah.

Me pareció que su uso equivalía al de los carritos de supermercado, que los puedes usar un poco y dentro de ciertos límites, pero no capté las tremendas implicaciones de lo que ella me había dicho con «uso público» hasta más adelante.

El manejo de aquellos vehículos no podía ser más espectacular. No tenían volante ni pedales de ningún tipo. Bastaba con «querer» ir hacia tal o cual lugar y el automóvil recibía tu pensamiento y te obedecía...

—La ciencia de este mundo ya descubrió las ondas mentales, luego se construyeron instrumentos capaces de registrarlas y de hacer funcionar todo tipo de mecanismos mediante instrucciones mentales —me explicó Elina.

—¡Sencillamente fantástico! —exclamé lleno de asombro mientras avanzábamos por aquel mundo tapizado de verdor; entonces comprendí que no rodábamos, sino más bien nos deslizábamos a centímetros de altura sobre el terreno.

—Colchón de aire, ¿verdad? —le pregunté.

—No. Antigravedad...

—Debí haberlo supuesto —dije tras reponerme de la sorpresa, sintiéndome como un prehistórico «científico».

Después calculé que uno solo de aquellos vehículos debía costar varios millones de dólares.

—Aquí no existe el dinero, Luc.

La miré extrañado, incapaz de concebir un sistema económico sin dinero.

—¿Tarjetas de crédito entonces?

—No, nada de eso.

—¿Y cómo hace la gente para adquirir algo?

—¿Algo como qué?

—Como todo, comida, casa, vestimentas, jabón, medicinas...

—Todo eso aquí es gratuito, Luc.

—¡Qué! ¿Esto es un comunismo entonces?

—No, porque dentro de un comunismo todo es obligatorio, en cambio aquí todo es libre.

Tuve que pensar un poco. En algún lugar tendría que estar la trampa, y la encontré.

—Ah, entonces aquí el Estado es dueño de todo y nadie posee nada...

—Te equivocas. Aquí todos poseen todo lo que hay.

Me costaba mucho comprender aquello.

—¿Eso quiere decir que si yo viviera aquí, todos serían tan dueños como yo de mi casa?

—No. Sólo tú serías el amo y señor de tu casa.

—¿Y yo podría venderla cuando quisiese?

—Aquí nada se compra ni se vende. No hay dinero. Recuerda que no pagamos ninguna entrada para ver el espectáculo que presenciamos, simplemente entramos en la sala. Y así es todo.

—¿Y cómo me convierto en dueño de una casa entonces?

El color de las aguas

—Ya te he dicho que eso es gratis. La pides y se te entrega. Siempre que no esté ocupada, claro, y cuando te canses de ella la abandonas y te mudas a otra libremente.

—¿Y si quiero conservar una misma casa para toda la vida?

—Entonces la conservas, simplemente.

—¿Y si quiero una casa aquí y otra en la playa y otra en la montaña?

Ella me miró divertida.

—Entonces pides esas casas y se te conceden. Aquí no hay escasez.

—Pero cuando yo no estoy en la casa de la playa llega otro y la usa. Naturalmente. Ahí está la trampa. No puedo tener más de una casa ni más de lo estrictamente necesario en ningún sentido. Si quiero tener una casa en la montaña decorada a mi gusto para mi uso exclusivo, sencillamente no puedo, ¿verdad?...

—Sí puedes. Aquí se han calculado cinco viviendas por persona, y se trabaja para llegar a que sean seis... pero a mucha gente le basta con una o dos. No somos todos iguales, Luc; unos necesitan ciertas cosas y otros otras cosas, y aquí se procura complacer a todos.

Con esa respuesta me mató. Yo no había ido a parar a otro mundo, sino directamente al paraíso.

Llegamos a una especie de aeropuerto lleno de ovnis, es decir, de naves con forma de platillo volante, aunque otras eran esféricas, y unas más grandes tenían forma cilíndrica.

—Ven, vamos a tomar una nave para pasear por los cielos de este mundo solitos tú y yo.

—¡Una nave! ¿Y tú sabes conducirlas?

—Claro, porque se manejan igual que todo: con el pensamiento.

—Ah, claro... ¿Y si te desmayas o te sucede algo que te impida pensar coherentemente?

—El sistema captaría esa anomalía y depositaría la nave en tierra suavemente, alertando además de inmediato al personal médico.

Allí me pareció que la perfección en ese mundo llegaba a extremos insólitos, desproporcionados; entonces se me ocurrió una broma exagerada:

—Y los médicos te mirarían por una pantalla, descubrirían tu problema en tu aura y desde la distancia te lanzarían el rayo adecuado para que te pusieras bien, claro...

—Así exactamente es, Luc, y no se te ocurrió nada, sólo captaste mi explicación telepática, y te pareció que sería una buena broma. Debes practicar más para no confundir tus propias ideas con aquello que se te envía desde afuera.

Me pareció que alcanzar a hacer esa distinción sería lo más difícil del arte telepático.

—¿Algún consejo preliminar en esa materia?

—Autoobservación constante y atenta, un conocimiento más preciso de tu propia mente —respondió, y no dijo más.

Entramos en el «aeropuerto». Nos bajamos del carrito y nos dirigimos caminando hacia la nave más cercana, una pequeña esfera posada sobre tres patas.

—¿Y este carrito lo dejamos abandonado aquí sin más?

—Le «he dicho» que una vez que descendamos puede regresar a su estacionamiento, y hacia allá va, míralo.

Y así era efectivamente. Yo estaba pasmado.

Nos paramos frente a la nave y se abrió una puerta desde arriba hacia abajo, transformándose en una escalera cuando tocó el suelo.

Subimos y entramos. Lo único que vi fue un sillón circular en el centro del recinto. El entorno estaba lleno de ventanas rectangulares de esquinas redondeadas. El suelo, las paredes y el techo eran de un material de apariencia, consistencia y textura

mullida y color ligeramente metalizado. Allí no había absolutamente nada más.

Elina me pidió que me sentara junto a ella. Cuando lo hice,
la puerta se cerró y la nave ascendió rápidamente.

—¿Algún peligro de choque con otra nave?

—Ninguno. Por encima de mis órdenes mentales está la
seguridad del vehículo. Cada uno de los que circulan en este
mundo tiene sus movimientos supervisados por un cerebro
electrónico; además, cada cerebro de cada nave está coordinado
por un cerebro mayor ubicado en tierra. Si hubiese peligro de
colisión con otra nave o con el terreno, los sistemas automáticos
tomarían el control, evitando el accidente.

—¿Eso quiere decir que estos seres jamás tienen accidentes aéreos?

—Jamás mientras están aquí, pero al ir a planetas inestables como el nuestro, las naves de estos mundos quedan someti-
das a diversos peligros, y como están muy lejos del cerebro coor-
dinador, a veces se producen accidentes, muchas veces mortales.

—Entonces por ahora prefiero que nos mantengamos en
este planeta, querida Elina.

—Por supuesto —manifestó ella con una sonrisa—. Además
este tipo de naves no están diseñadas para salir de aquí.

—Mejor entonces. Y aprovecho para preguntarte por qué
ellos necesitan naves para ir a nuestro mundo, mientras que
nosotros pudimos pasar directamente hacia este lugar sin necesidad de nave alguna...

—Podrían pasar directamente, pero quedarían expuestos a
nuestros virus y a ciertas energías de nuestro inestable mundo
que les harían daño. Sus naves son prácticamente el equivalente
a nuestros submarinos.

Aquello le daba un giro inesperado a todo el asinto de los
ovnis.

—¡Entonces no son naves «espaciales» sino...!

—Extradimensionales, Luc.

—Claro... ¿Cómo es eso de que nuestro mundo es «inestable»?

—Está «en bruto», en estado «salvaje», no ha sido «acondicionado», y por eso tiene grandes tormentas, tornados, huracanes, terremotos, tempestades eléctricas súbitas, y fuertes radiaciones que tú desconoces, pero que afectan a estas naves. Además, la Tierra posee organismos dañinos para ellos, como ciertas bacterias, insectos y virus. Incluso el polen de nuestras plantas podría matarlos...

—¿Y estos mundos entonces no tienen nada de eso?

—Sí, pero nada nocivo para los seres humanos, porque planetas como este fueron «acondicionados», eso los llevó a un nivel superior de evolución, y por lo tanto de estabilidad. Es por eso por lo que a nosotros no nos afectan las energías de este mundo, siempre que nos armonicemos para quedar bien «afinados», claro.

No quise opinar nada. Me pareció algo tan lejano para nosotros que preferí olvidarlo para no sentirme mal por vivir en un mundo tan «salvaje».

—El mundo que nos toca vivir es un reflejo de lo que somos por dentro, es el que merecemos según la calidad de nuestras almas. Si nosotros dejásemos de ser tan salvajes, nuestro mundo cambiaría.

—Seguro que tienes toda la razón, como siempre, pero no me parece que tú merezcas un mundo como la Tierra.

—Ni tú tampoco, en nuestro caso es una elección voluntaria, una misión de servicio. Pero no lo pasamos tan mal como otros, ¿no?

Le di un beso.

—Tienes toda la razón del mundo.

Nos elevamos a una altura mediana, desde allí divisé el grupo de construcciones en el que habíamos visto aquel espectáculo telepático. Luego nos alejamos hacia el horizonte. Por todas parte se veía que la naturaleza había sido «modelada» por los habitantes de aquel planeta.

Una buena idea de lo que era aquel hermoso mundo la daría un inmenso campo de golf decorado con elementos de la jardinería japonesa, salpicado de bosques multicolores y bien cuidados campos de labranza. No vi por allí zonas erosionadas ni grandes accidentes del terreno, como cordilleras, tampoco inmensos océanos, ni siquiera grandes ciudades.

—Aquí no hay ciudades, sino pequeños reductos humanos bien repartidos por todo el planeta. No es sano vivir en medio de una gran densidad de población.

—¿Por qué?

—Porque se está muy lejos de la naturaleza, y también porque un exceso de seres humanos sobre un mismo punto produce una especie de saturación energética que no es buena para la vida.

—Por lo visto, nosotros lo hacemos todo mal...

—No todo, pero sí gran parte.

—¿Sobre qué país de este mundo estamos en este momento?

—Aquí se dejó atrás la prehistoria, Luc, por eso no hay divisiones basadas en fronteras ni banderas, y por eso mismo ya no hay más ejércitos.

Un nuevo golpe para mi entendimiento.

—¿Quieres decir, Elina, que a pesar de nuestros rascacielos, autopistas y salas de concierto, nuestro amado planeta Tierra está en su prehistoria?

—Naturalmente. Mientras un solo niño muera de hambre en cualquier punto de nuestro mundo, estaremos en la prehistoria. Mientras el hombre deba armarse en contra del hombre, estaremos en la prehistoria.

No dije nada. Ante esa demoledora verdad, los rascacielos y salas de concierto se me transformaron en banalidades costosas, igual que nuestros carísimos aviones de guerra. Entonces me pregunté por qué esos seres tan avanzados no nos enseñaban a construir un mundo mejor.

—Eso no se debe hacer, no sería correcto.

—¿Por qué?

—¿Qué piensas que pasaría si los poderosos de la Tierra pudiesen llegar hasta aquí?

—Es lógico que intentarían conseguir toda esta tecnología para obtener poder sobre los demás.

—¿Entonces qué crees, que estos seres nos harían un favor o un daño mayor si nos enseñasen sus secretos?

Comprendí su idea, y tenía razón, pero se me ocurrió pensar que esos extraterrestres podrían de algún modo tomar el control de nuestro planeta y arreglarlo todo de manera que los poderosos no pudiesen intervenir.

—¿Que intervengan los seres foráneos y tomen el control de nuestro mundo y lo hagan todo por nosotros?

—Bueno... más o menos...

—Entonces ellos tendrían que hacer muchas cosas desagradables en nuestro planeta, cosas como obligar, forzar, prohibir, imponer... en definitiva, cosas que acarrearían muy bajos estados vibratorios.

—Es cierto, pero sería por nuestro beneficio.

—Está bien, pero ponte en su lugar. Ya has visto lo amables que son, y lo acostumbrados que están a manejarse sólo dentro de realidades de muy altas vibraciones, es por eso por lo que aquí nada es obligatorio y todo es libre. ¿Crees que ellos están dispuestos o capacitados para entrar en terrenos tan densos como luchar contra todos los poderes establecidos de nuestro mundo y arrebatar el dominio de cada país del planeta?

—¿No?

—Y aunque lo estuviesen, no tienen ninguna obligación de involucrarse en algo tan desagradable. Además no deben hacerlo. Nuestro mundo es como es por culpa nuestra, no de ellos. No podemos obligarlos a que reparen nuestros destrozos.

—¿No?... No, claro que no... ¿Pero por qué no pueden cooperar solidariamente?

—Nuestra humanidad no puede ser ayudada para llegar a formar parte de la Confraternidad Universal, debe aprobar su examen limpiamente, sin ayuda.

—¿Qué examen?

—El que la Inteligencia Universal exige a toda humanidad que desee llegar a vivir en condiciones como las de Shima. Sus habitantes lo consiguieron porque aprobaron el examen.

—¿En qué consiste ese examen?

—En superar todos los peligros que amenazan nuestra supervivencia, todos ellos causados por nosotros mismos debido a la falta de respeto que hemos tenido hacia un principio, un solo principio universal.

—¿De qué me estás hablando, Elina?

—Del Principio Básico del Universo, de la Ley Fundamental del Universo, del Sustento de la Felicidad, del Origen de la Vida, del Propósito Superior que motivó la creación, de la Esencia Fundamental de Todo lo que Existe, de la Fuerza Primigenia.

Me alarmé y entusiasmé al mismo tiempo, porque ella se estaba refiriendo a algo así como la fuerza que dio origen al Big Bang y a todo el Universo, y los científicos ignoramos por completo cuál es la fuerza motriz de la creación, por eso me alarmé, porque iba a constatar nuestra atroz ignorancia; pero me alegré al mismo tiempo, porque yo iba a saber algo que muy pocos conocen.

—¿Cuál es ese Principio, Elina?

—Aquello que te hace respirar, Luc.

—¿El oxígeno?

Ella se echó a reír.

—El oxígeno no es un principio sino un elemento. Ese Principio es lo que te hace desear consumir oxígeno para seguir viviendo. ¿Por qué deseas vivir, Luc?

Ante su pregunta comprendí que yo jamás había pensado en eso. Siempre había tomado el impulso hacia la conservación de la vida como algo instintivo, pero nunca me había preguntado en qué consistía concretamente.

—No sé... Todas las criaturas deseamos vivir.

—Claro, ¿pero por qué?

—No me parece que sea necesaria una explicación determinada; es un impulso primario, un instinto, y basta. La vida está hecha para su autoconservación. No hay mucho que filosofar en esto.

Ella hizo descender la nave en las orillas de un lago espectacular para poder concentrarse mejor en nuestra conversación.

Salimos del vehículo y nos sentamos en un prado con un suave desnivel, cerca de la orilla. Un sol rojizo se ocultaba tras las aguas mientras una bandada de aves muy alargadas y de color azul vibrante surcaba apaciblemente el horizonte.

—Si te dijesen que vas a morir dentro de pocos minutos, ¿qué es lo que más te haría lamentarlo?

—¡Todo! Naturalmente. Nadie quiere morir.

—Ya lo sé, Luc, pero mi pregunta ha sido «qué es lo que más te haría lamentarlo».

—Bueno, en primer lugar, lamentaría no poder continuar adelante con este hermoso amor.

—Afectos –dijo, sonrió contenta y me dio un nuevo beso.

—Imagina que todavía no nos hemos conocido. ¿Qué otra cosa te haría lamentar tener que morir?

Pensé un rato antes de responder.

—Bueno, lamentaría no haber tenido hijos...

—Afectos nuevamente... ¿Qué más?

—Dejar de ver a mis padres, familiares y amigos.

—Afectos de nuevo. ¿Qué más?

—No haber ganado el Nobel de Física –dije riendo, un poco en broma.

—¿Dinero esta vez?...

—No, aunque no hubiese premio en metálico, igual me gustaría ganar el Nobel.

—¿Por qué?

—Me motiva ayudar a mi civilización. Lamentaría irme sin haber hecho mucho por este mundo, y ganar el Nobel implicaría haber prestado un gran servicio a la humanidad. Por eso me haría muy feliz recibir el premio Nobel.

—Y si prestaras un gran servicio anónimamente, ¿te haría eso igual de feliz?

Elina me había tendido una astuta trampa, pero me sirvió para bajarme un poco de mi pedestal.

—Es verdad, reconozco un principio de vanidad en mí. Es cierto, preferiría que todo el mundo se enterase.

—¿Por qué?

—Porque eso me permitiría adquirir prestigio, respeto, valoración...

—¿Se podría decir que el reconocimiento público implica el cariño de la gente, y que es eso lo que te motiva?

Lo medité unos instantes y reconocí que así era justamente, y que nunca me había dado cuenta de ello, y ya no me pareció tan «sucia» la búsqueda del reconocimiento público, porque en el fondo no era más que el deseo de contar con el cariño de la gente. «Hacer algo bello y bueno para que todos te quieran». Así de sencillo, y aquello no era «ego».

—Tienes razón otra vez. Es eso lo que me motiva.

—Afectos nuevamente...

—¡Vaya, es cierto! Las grandes motivaciones de la vida pasan por los afectos –reconocí complacido.

—Entonces, Luc, queremos respirar porque eso nos permite vivir para realizar cosas que tienen que ver con el amor, y no sólo hacia nuestros seres queridos, no sólo hacia las personas. También queremos vivir para poder deleitarnos con aquello que nos gusta, porque gustar de algo es amarlo en cierta forma; realizar algo muy apreciado, contemplar un amanecer, disfrutar del sabor del café matinal o de lo que más nos guste, pasear por los lugares que amamos y cosas así.

—Es verdad, Elina. Queremos vivir porque amamos. Lo que nos motiva es el amor... ¡Qué curioso! Jamás lo había visto de ese modo, y es absolutamente cierto. ¡Nos impulsa el amor!

—Es esa la fuerza detrás del Big Bang, de las galaxias y de la vida entera, querido Luc. Es ese el Principio que nuestra humanidad ha venido violando desde que se apartó de la naturaleza.

»No hemos respetado el amor de la nutria por sus crías abandonadas en la madriguera, sólo nos ha motivado el dinero a cambio de su piel, y lo mismo con miles y miles de especies animales y vegetales. No nos ha importado el bienestar de esos hermanitos menores que sobreviven bajo las aguas, en los mares y en los ríos; sólo nos ha interesado el dinero que producen nuestras contaminantes industrias; no hemos respetado selvas, bosques, playas ni lagos.

»Jamás nos ha importado aquel que no pertenece a nuestro grupo, raza o nacionalidad. Lo hemos arrasado, mostrando una crueldad indigna de los seres divinos que en el fondo somos; hemos violado, prostituido, contaminado y traficado con todo lo que existe de sagrado en nuestro mundo.

»Llevamos milenios causando dolor y más dolor, porque todo aquello que hiere el amor es lo que mayor dolor causa. Somos endurecidas y deformadas criaturas, perdimos el contacto con la sabiduría de la naturaleza, y por eso no nos importa nada, ni la vida ni el dolor, ni siquiera nuestro propio futuro, y debido a ello dedicamos inmensos recursos a la muerte, al sufrimiento, a la guerra, a la destrucción; en lugar de dedicarlos a construir un mundo benigno para todos, un mundo en el que nadie padezca de hambre y abandono, en el que todos puedan aportar con alegría lo mejor de sus talentos, porque todos somos en el fondo iguales que tú, Luc, todos tenemos ganas de hacer cosas lindas para nuestra comunidad y ganarnos así el cariño de los demás.

»Incluso el delincuente fue o pudo haber sido una buena persona. Y si actúa como lo hace es porque ha sido terriblemente golpeado y abandonado por nosotros, llegando hasta la deformación de su esencia, que era buena. Si hoy nos hace daño, recibimos lo que merecemos.

»Condenamos a grandes contingentes de hermanos nuestros, los pobres, a las zonas más duras, castigadas y desprotegidas de la vida.

»Pero a pesar de toda nuestra crueldad, en el rincón más profundo y sagrado de nuestras almas, de todas las almas, resplandece, más o menos cubierta por una capa de durezas o ignorancia, la divinidad del Amor.

»El Amor es nuestra identidad más profunda, más real y verdadera. Por eso, al atentar en su contra hemos atentado en contra de lo más valioso y sensible de nosotros mismos. Y ahora comenzamos a cosechar lo que hemos sembrado. Nuestra humanidad se encuentra sometida al examen del Amor, al examen final. Si cambiamos nuestra conducta, sólo si lo hacemos, mereceremos continuar adelante como especie digna de ocupar un lugar en el Cosmos, y de pasar a integrar por fin la Confraternidad Universal, lo cual era el propósito de nuestros Celestes Antepasados. En caso contrario, si todo sigue igual y cada uno continúa mirando indiferente cómo todo se derrumba, o permanece con la cabeza escondida en la covacha de sus minúsculos intereses, creyendo que así no lo va a alcanzar el resultado de lo que hemos generado, entonces no mereceremos sobrevivir.

»Es ese el examen que se nos viene encima, Luc. O se instaura de una vez por todas en nuestro mundo la cordura del Amor y pegamos todos juntos el Gran Salto, o se acabó. No hay alternativas intermedias esta vez, como sí la hubo hace milenios, en la Primavera del León, cuando fracasamos. Ahora, en la Primavera del Aguador, estamos ante nuestra última oportunidad. El Universo no nos permitirá fracasar nuevamente y seguir adelante.

Capítulo 14

Educación
sin amor

Sus sentidas palabras me hicieron considerar la vida, la existencia, la historia y el destino de la humanidad desde una nueva e iluminada óptica, desde la claridad que brinda el Amor, que desde aquel momento se transformó para mí en el sentido superior de todas las cosas. Y no dudé que fuese el motor inclusive del Big Bang, posiblemente no como fuerza física, pero sí como generador de la intención de la Inteligencia que decretó la explosión primera, y de todo lo que ella acarrearía, como la vida, que también nace de un acto de amor y que es sostenida por el amor, como la naturaleza entera, el arte y las estrellas, realidad que ella tan magistralmente me había demostrado. Bajo esa nueva luz, nuestra ciencia se me antojó obstinada y ciega, prepotente y engreída, cínica e irresponsable. Tantos esfuerzos para la muerte y el dolor, y tan pocos para la vida y la felicidad...

—¡Nunca nadie me enseñó acerca de la trascendencia del amor en ninguna parte! –protesté casi furioso–. Ni en la escuela ni en la universidad. Educarnos para vivir conforme a los valores superiores es algo que no figura en ningún plan de estudios, Elina... y ahora comprendo que es eso lo único que podría ayudarnos a construir un futuro diferente para nuestra humanidad, es decir, educar a nuestros niños dentro del respeto a las cosas esenciales de la vida, dentro y fuera de nosotros mismos, pero no se hace nada en ese sentido. ¡Cómo es posible que hayamos vivido tantos milenios ignorando lo más elemental y básico! ¿Cómo es posible, Elina? ¿Ha habido algún ocultamiento intencionado? ¿Se trata de un complot?

—No podemos enseñar aquello que desconocemos, Luc.

—¿Quieres decir que los educadores desconocen algo tan elemental?

—Por supuesto, a ellos tampoco nadie les enseñó nada al respecto.

—¿Entonces nadie sabe de la trascendencia del amor, sólo tú y yo estamos informados?

Ella tomó mis manos mientras reía alegre.

—No es así, querido Luc. Te lo explicaré. La vida es como una escuela. En esta escuela todos parecemos más o menos iguales por fuera, pero por dentro somos un poco diferentes. Aquí hay «alumnos» que están en los grados más bajos; otros están más avanzados. ¿Puedes comprender eso?

—Sí, Elina, sobre todo después de haber conocido a los «alumnos» de este planeta. Ahora me resulta obvio que nosotros estamos en primaria y ellos en la universidad.

Ella se alegró.

—Muy bien. Es más o menos así el asunto. Y dentro de esa «primaria» en la que nosotros vivimos hay diferentes «grados», y esto es algo que no tiene nada que ver con nivel social, intelectual, belleza o cualquier otro tipo de consideración externa. ¿Comprendes?

—Claro, hay brutos que andan por ahí haciendo daño al prójimo, mientras que otros se desviven por ayudarlo, y ambos pueden pertenecer a cualquier condición social o nacionalidad, o tener cualquier aspecto físico... Por cierto, recuerdo que Gandhi y la Madre Teresa no eran especialmente guapos, tampoco Einstein...

—Para mí sí que lo eran. La belleza es algo muy relativo. ¿Sabes cómo se llama la materia que todos estudiamos en la escuela de la vida?

Pensé un instante y luego no me cupo la menor duda.

—Sí, Elina. Todos somos estudiantes de la «materia Amor».

—Así es. Y aunque esto no tiene nada que ver con asuntos religiosos, podemos decir que quienes están más atrasados en esa materia violan los mandamientos del amor en mayor medida que quienes están más avanzados, sean de la religión que sean, o de ninguna. Los más adelantados sólo desean actuar en armonía con la Fuerza-Amor y por eso mismo suelen dedicar sus vidas a ayudar a los demás.

—Estoy de acuerdo, pero eso no me responde a por qué se desconoce tanto la trascendencia del amor.

—¿No te resulta evidente?

—No.

—Porque para comprender la trascendencia del amor se requiere pertenecer a los grados más altos de nuestra «primaria», Luc, digamos de «cuarto» hacia arriba. Si le dices a un alumno de tercero o segundo «¿Sabías que el amor es lo más importante de la existencia?», te mirará como si le estuvieses dando algún aburrido sermón religioso, como si le dijeras «¿Sabías que hay que portarse bien?» y se alejará de ti pensando que estás medio chiflado. En cambio, si le dices lo mismo a un alumno de sexto, lo más probable es que se le ilumine la mirada, respire profundo y te considere como su hermano del alma de ahí en adelante, sea de la religión, clase social, nacionalidad o nivel cultural que sea, porque él sabe lo mismo que tú acerca de las cosas que realmente cuentan en esta vida.

—Entiendo.

—Siempre ha habido y habrá seres humanos que comprenden desde el fondo de sus almas la trascendencia del amor, Luc, pero han sido muy pocos en relación a las mayorías, y nuestro mundo está condicionado por el peso de las mayorías, como bien has llegado a entender.

—Sí, Elina, «la dictadura de la mediocridad». Un día pude ver que no creemos en nuestros sueños más hermosos porque la mayoría no cree en las posibilidades más elevadas de la existencia, y nos dejamos llevar por el pensamiento más abundante, lo cual es un grave error, y yo mismo caí en él.

—Y por eso mismo la Realidad Suprema del Universo todavía no es lo suficientemente comprendida ni respetada en nuestro retrasado planeta, y por eso todavía su estudio no llega a los planes educativos de ningún lugar, y por eso se ha venido violando desde siempre. Sólo que ahora hemos llegado a un punto crítico, porque con toda la capacidad destructiva que hemos acumulado gracias a nuestra ciencia y sistemas económicos desvinculados de los valores superiores de la vida, o nos alineamos con las leyes superiores del Universo, que es creación del Amor, y fluimos en armonía con el Espíritu que le da vida, o desaparecemos, porque Dios Amor no nos permitirá continuar adelante si no lo respetamos. Respetarlo es la primera condición para poder continuar avanzando hacia las realidades superiores de la existencia, sea como individuo, sea toda la humanidad.

Al decir «Dios Amor», Elina acababa de calificar al amor como si fuese la Divinidad misma, y yo, debido a mi formación científica, tenía conflictos con respecto a las ideas de religión y de Dios, y las había dejado para analizarlas cuando tuviese más tiempo, y sobre todo más claridad, y ahora la tenía, gracias a que mi amada me había hecho comprender la importancia de esa fuerza; sin embargo, no me parecía coherente situarla al nivel de la Divinidad. Pude vislumbrar que en el propósito del Big Bang estaría el amor como intención o motivación «de» la Divinidad, fuese Ella lo que fuese, pero no podía considerarlo como si fuese Dios mismo. Pensé que más allá tendría que haber un Origen, un inmutable Origen, una «Inteligencia amante», pero siendo fundamentalmente Inteligencia, situada mucho más allá de cosas relativas, como el odio o el amor.

—Cuando todavía no se ha llegado a «cuarto» se suele pensar que el amor no es el Absoluto, sino una «cosa relativa», que tiene un opuesto llamado odio, pero eso es un error. El odio no es su opuesto, sino un obstáculo de origen racional, que surge generalmente a causa del «amor herido».

—Puede ser, Elina, pero todavía no me parece que esa fuerza sea un Ser, y mucho menos Dios en persona, sino una energía, un hermoso sentimiento; de orden divino tal vez, pero energía; no un ser consciente, sino algo que llega a los seres conscientes.

—Te equivocas, Luc. El Amor es un Espíritu, un Ser. No es que llegue a los seres conscientes. El Amor hace más conscientes a los seres.

—Otra hermosa metáfora...

—No es ninguna metáfora sino algo concreto: el Amor es Dios. Es ese el Soplo Divino que humaniza y diviniza la materia y la vida, Luc. Todo ser capaz de albergar Amor en su corazón es de origen divino, porque el Amor es Dios.

Esas afirmaciones me parecieron muy poéticas, pero un tanto exageradas.

—Todos los seres son capaces de albergar más o menos amor en sus corazones, desde las fieras hacia sus crías en adelante. ¿Quieres decir que también los animales son de origen divino?

—Sí, Luc. Todo es divino, todos los seres y todas las cosas, porque todo es creación de Dios Amor. En realidad, vivimos sumidos en un infinito océano de Amor, respiramos Amor y exhalamos Amor, todo es sagrado, todo es la Divinidad. No hay más Divinidad que el Amor, el que se manifiesta en forma de piedra, de árbol, de ave, de lluvias y mares, en ti y en mí, y en mayor medida en estos hermanos de este planeta.

—Muy hermoso, Elina, muy estimulante, pero eso no puede ser algo real y concreto. No puedo concebir que un gusano o un mineral sean Dios...

—Y lo son, sólo que en lugar de estar en primaria, como nosotros, se preparan para alguna vez llegar a la guardería —afirmó riendo.

Gracioso, pero llegué a preguntarme si Elina no estaría yendo demasiado lejos.

—¿¡También un mineral es Dios!?

Ella se preparó para continuar el viaje por aquellos cielos de Shima, pero antes me preguntó:

—¿Recuerdas lo que hablamos acerca de que hay vibraciones o energías más altas o más bajas?

—Claro.

—Y también habrás estudiado que sólo existe una sustancia o energía en el Universo, que vibrando a cierta frecuencia es luz, a otra frecuencia es rayos X o infrarrojos, ¿verdad?

—Naturalmente.

—Y a otro nivel vibratorio, más bajo, esa misma energía es materia. ¿De acuerdo?

—De acuerdo.

—Y a una frecuencia muy alta, ¿aceptarías que esa misma energía fuese pensamiento o sentimiento?

—Puede ser... Continúa.

—¿Y que mucho más arriba, esa misma energía sea amor?

—Interesante. ¿Qué más?

—Es así como un mineral, un gusano, nosotros mismos, una estrella y todo lo que existe es Amor. Sólo se diferencian las cosas y seres en el grado vibratorio de la energía única de la que estamos hechos. Esa energía única es Amor, pero sólo la reconocemos como tal cuando vibra en la máxima forma que nos es dado percibir. En el fondo, todo es la misma cosa: Amor. Y como el Amor es Dios, todo entonces es Dios, incluso un mineral y un gusanito. Y por eso no pueden existir seres avanzados y dañinos, porque avanzado significa más cercano al Amor, y dañino significa alejado del Amor. Sería un absurdo. Eso es igual en todos los confines del Universo.

Seguramente ella tenía razón, igual que con todo lo que decía. Decidí aceptar una vez más como posible esa hermosa visión suya de un Universo completamente regido por Dios Amor, porque yo no podía comprobar que no lo estuviese, a pesar de que no parecía un Dios muy compatible con el lamentable estado de mi planeta...

—Eso no es culpa de Dios, sino de los hombres, que tienen libertad, pero no respetan el Amor, y por eso nuestro mundo está como está, y por eso tenemos que trabajar, querido Luc.

—Sí, seguro, pero Él podría tener una intervención más directa...

—Te pregunto yo ahora a ti: ¿Qué es lo que nos impulsa a ayudar a nuestro mundo?

No me cupo la menor duda.

—El Amor, por supuesto.

—Entonces Dios está interviniendo mediante nosotros, porque el Amor es Dios —dijo, mientras se ponía de pie, invitándome a subir a la nave, y esta vez le di un beso muy sonoro.

Mientras paseábamos por los cielos de Shima, Elina me iba informando de muchas cosas; así me fui enterando de que aquel mundo está completamente automatizado en lo que respecta a sistemas de producción, incluso agrícolas, sin que la mano humana tenga que participar en pesadas faenas, porque todo se realiza mediante diversos tipos de maquinarias computarizadas. Y también es muy avanzado allí el sistema de producción de proteínas, incluso de tipo animal, puesto que ellos son capaces de hacer crecer tejidos artificialmente y en cantidades masivas, dándoles la consistencia y el sabor que prefieran; eso les permite alimentarse sin tener que quitar la vida a ningún animal. No utilizan de ningún modo la energía basada en la fisión o división del átomo, como sí lo hacemos en la Tierra, usando más bien la energía que emana de la fusión nuclear o unión de todas las partículas atómicas. Dicha energía es limpia, puesto que no deja residuos contaminantes. Esa tecnología no se ha podido conseguir aún en nuestro mundo.

—Siempre es más fácil destruir que construir —opinó Elina, dando a entender que nuestra tecnología de algún modo refleja las inclinaciones de nuestra naturaleza psíquica—. En lugar de bombardear a los átomos con «antiamor», es decir, buscando su destrucción, deberán buscar la forma de irradiarles «amor», o sea, elevadísimas y sutiles energías, pero eso es algo que pertenece a la magia-ciencia de la que hablamos antes.

Comprendí que en la Tierra estamos muy lejos de esas elevadas posibilidades, y un poco molesto exclamé:

—¡Somos especímenes antediluvianos!...

Bajamos de la nave en el «aeropuerto» y allí mismo, a la vista de algunas personas que transitaban por las cercanías, y que no nos prestaron mayor atención, Elina materializó con el poder de sus manos un nuevo paso dimensional.

—Vamos a visitar un mundo muy lindo –dijo, con una luz de entusiasmo en la mirada. Apareció el remanso de un arroyo completamente rodeado de vegetación. Una primorosa cascada al fondo dejaba caer suavemente sus aguas en una poza de mayor profundidad y belleza, mientras que algunos rayos de sol se filtraban por entre grandes hojas parecidas a helechos, y coloridas flores pincelaban con sus notas de alegres matices aquel rinconcito idílico.

—Me gustaba mucho visitar ese lugar, pero sólo ahora podré hacerlo en cuerpo físico. ¿Vamos? –me invitó, tomando mi mano con una alegre sonrisa en sus labios.

—¿En qué mundo está ese paraje tan fascinante?

—Ya te lo he dicho, en un mundo muy bonito.

Esta vez no experimenté como antes la intensidad de la «electricidad», pero al cambiar de mundo sentí de inmediato que aquel oxígeno era mucho más húmedo y cálido, casi espeso.

—Esta debe de ser una región tropical –deduje.

—Así es, Luc; estamos en la zona ecuatorial de este planeta.

—¿En algún lejano sistema solar?

—No, no nos hemos movido del nuestro.

Pensando que estaríamos en alguna luna de Júpiter miré hacia lo alto por un claro entre el follaje y vi que tanto el sol como el color del cielo resultaban iguales en apariencia que en la Tierra.

—Esto se parece mucho a nuestro planeta...

—Porque lo es, Luc. Estamos en un primoroso rinconcito de África.

—¡África! –exclamé con cierto temor, comenzando a buscar serpientes venenosas, arañas y tigres por entre los matorrales.

Ella se rió de mí.

—No es todo tan terriblemente peligroso en nuestro planeta como crees, Luc.

—¡Pero estamos en África, en la jungla!

—A pesar de lo que te gusta la isla de Sands, eres excesivamente «civilizado», Lucas; tienes demasiados estereotipos en tu cabecita; piensas que África, Asia o América del Sur están infectadas de alimañas, y no es así, y de eso tienen la culpa esas películas o documentales que sólo se centran en ciertos aspectos, por eso mismo todo el mundo cree que los extraterrestres son necesariamente invasores peligrosos. No es conveniente mirar la realidad desde la óptica de los clichés que nos muestran las películas, Luc.

Comprendí que ella tenía toda la razón del mundo, y que yo, como siempre, era un idiota.

—¿Entonces si nadamos en esas hermosas aguas no nos comerán las pirañas?

—No, querido profesor, porque las pirañas, que son carácidos, del género Serrasalmus, sólo se encuentran en las cuencas de los grandes ríos de América del Sur...

No encontré mejor manera de vengarme de aquella sabelotodo que hacía ostentación de sus conocimientos más que tomándola muy fuerte entre mis brazos y lanzándome al agua con ella.

—¡Eres un salvaje! Ja, ja, ja. ¡Suéltame, troglodita!

—¡Tarzán comer mujer blanca! —le dije, comenzando a fingir un intento de violación, arrancándole su vestido turquesa en medio del arroyo.

—¡Qué haces! ¡NO! ¡NO!... Oh, sí...

Descansábamos desnudos al sol sobre una soleada roca en medio del agua. Ella fingió estar enojada conmigo.

—Mi venganza será terrible —dijo de pronto con cierta picardía en sus ojos—. Mírate los pies —agregó.

Cuando me incorporé para mirar, vi con horror que un enorme caimán asomaba su gran cabeza llena de dientes y venía con su bocota abierta a comerse mis piernas. Las puse a salvo levantándolas de un veloz movimiento, el cual me hizo caer al agua; entonces quise huir hacia la orilla, pero al recordar que ella se encontraba amenazada por esa bestia hice pie en el fondo y miré hacia la roca. Elina se moría de la risa mientras en el lugar en donde antes había aparecido el caimán nadaba plácidamente un ganso blanco... Fue entonces cuando comprendí que ella había hecho lo mismo que cuando fuimos atacados por los motociclistas: había dado materialidad a su imaginación.

—¿Tanto te asusta un pobre gansito? —se burló.

Yo, bastante molesto, me subí a la roca. El ganso me miró y se sacudió. Me pareció que también él se reía de mí, y como comprendí que ese animal no existía realmente, fui a darle un manotazo, pero el bicho me esquivó y luego me lanzó a la mano un doloroso picotazo DE VERDAD, y no me quería soltar... hasta que desapareció.

Palpándome protesté:

—Tus imaginaciones son materiales... ¡pican!

Ella tenía un rostro como de estar preocupada o arrepentida y vino a acariciarme.

—Oh, perdón, Luc; el primero fue imaginación, pero el ganso fue un traslado que realicé, me lo traje desde una laguna lejana y allí regresó... No imaginé que iba a suceder eso, que tú lo ibas a atacar. Discúlpame, por favor...

—Lo ataqué porque pensé que no existía... ¿Sabes, Elina? Son un tanto peligrosos tus jueguecitos...

—Tienes razón, Luc, prometo que no lo haré nunca más.

—Más vale... Qué susto he pasado con ese caimán...

—No era un caimán sino un cocodrilo, *Crocodilus niloticus*. Los caimanes también son de América del Sur y no de África, señor profesor —dijo riéndose.

—Parece que necesitas el mismo castigo anterior...

—Apuesto a que no te atreves...

Capítulo 15

El gran salto

Una brisa fresca nos obligó a abrigarnos.

Mirando el follaje, aspirando los aromas de la naturaleza en aquel estupendo rincón de África, pensando luego en los sórdidos afanes de la civilización, se me ocurrió la idea de quedarnos allí para siempre.

—Sería hermoso vivir por aquí como Tarzán y Jane, ¿no te parece, Elina? Construimos una casita encima de los árboles y...

—Sería hermoso –me interrumpió–, pero no se supone que hayamos venido a este precioso, pero tan maltratado mundo, a huir de él...

—Ah, es cierto, hemos venido a escribir un libro o hacer una película, o algo así y luego a ayudar a generar una Ola de Luz para ayudar a que la humanidad pueda pegar el Gran Salto y así este mundo se transforme en uno como Shima... Si no fuera porque me lo dices tú, eso me parecería la más absoluta locura.

¿Y no puedes utilizar tu magia para que este mundo cambie de una vez por todas?

—No me está permitido emplear ningún poder superior para la tarea, Luc. Eso sería trampa. La humanidad debe superar el examen sin ayuda de lo alto. Sólo para nuestra protección particular puedo recurrir a esas capacidades.

Encontré allí un gran sinsentido.

—¿Y entonces para qué te pasaste esos milenios recibiendo ese conocimiento, si después no ibas a poder aplicarlo?

—No puedo recurrir a los poderes superiores que mi conocimiento me brinda para ayudar a la humanidad directamente, pero sí indirectamente.

—¿Y eso cómo es?

—Puedo hacer cualquier cosa para ayudarnos a nosotros dos, que somos servidores de la humanidad, eso es ayudarla indirectamente. Por ejemplo, puedo hacer que vayamos a cualquier lugar, puedo materializar los alimentos u objetos que necesitemos; en fin, puedo hacer cualquier cosa que no signifique interferir en decisiones ajenas, por supuesto; porque el libre albedrío de las personas es sagrado, además puedo transmitir o enseñar a la gente lo que sé, de manera escrita o personalmente.

Me entusiasmé.

—¿Puedes enseñarme a levitar, por ejemplo?

—Pero claro, y ya lo hice.

—¿Lo hiciste? No lo recuerdo...

—Te dije que tú también podrías hacerlo si elevaras la frecuencia de tu mente mientras sostienes la idea de ser muy liviano...

—¿Eso es todo?...

—Eso es todo, Luc, pero no lo consigues porque no tienes la práctica necesaria; en cambio, yo he adquirido una gran habilidad para intensificar la frecuencia de mi mente mientras me visualizo liviana, liviana, livianiiiita —dijo, mientras cerraba los ojos concentradamente, y de nuevo, igual que antes, comenzó a elevarse de manera suave. Luego descendió.

—Intenta hacerlo, Luc.

Cerré los ojos y me puse a pensar que yo era liviano, muy liviano, y de pronto me pareció serlo realmente, entonces abrí los ojos contento.

—¿He podido? ¿Me he elevado algo?...

—Tu peso ha disminuido exactamente la milésima parte de un gramo... Tendrás que practicar mucho más para elevar las vibraciones de tu mente.

—Pero yo pensaba que era liviano...

—No se trata de «pensar en ser liviano», sino de serlo realmente, y para lograrlo debes elevar tu frecuencia mental.

—¿Y cómo rayos se hace eso? –dije, bastante desilusionado.

—Primero, respirando armonizadamente, sintiendo que ese aire que inspiras tiene una altísima vibración. Luego, aceptando con todas las fuerzas de tu alma que eres liviano, dando una orden en tu interior, recurriendo a la autoridad de tu universo interno, que eres tú mismo.

Puso tanta fuerza en sus palabras que me sentí estimulado y volví a cerrar los ojos. Me obligué con fuerzas a ser liviano, no acepté ninguna otra idea, me prohibí ser pesado. Al cabo de un tiempo abrí los ojos.

—¿Cómo he estado ahora?

—¡Has aumentado cinco gramos de peso! –dijo, en medio de risas.

—Entonces eso no es para mí. ¡Renuncio!

—No renuncies, Luc. El problema ha sido que has recurrido a «obligar» y «prohibir», y ese tipo de cosas hacen descender la energía, porque en la esencia de todo lo que es elevado existe la más completa libertad.

—¿Y no es lo mismo obligar que ordenar?

—No, no es lo mismo.

—Bueno, está bien, dejémoslo para otra ocasión, porque ahora no tengo la concentración necesaria.

—¿Te das cuenta, Luc? Yo puedo enseñar lo que se debe hacer, pero cada cual debe intentarlo por su cuenta, y no nos engañemos, no es fácil, se debe practicar. ¿En qué crees que me entretuve durante esos milenios bajo las aguas? No es fácil, pero se puede —dijo, y volvió a elevarse, y esta vez llegó hasta unos diez metros de altura.

—Aunque no hace falta que la gente sea capaz de realizar estas proezas para que el mundo cambie definitivamente, Luc —dijo al regresar frente a mí.

—¿Qué es lo que hace falta?

—Algo muchísimo más sencillo, algo para lo cual cada persona de este mundo está plenamente capacitada, porque cada uno puede ayudar a generar la gran Ola de Luz.

—¿Podrías explicármelo un poco más a fondo? —le pedí.

—Ahora que sabes lo que significa una mente irradiando energías elevadas, ¿sabes lo que sucedería si grandes contingentes de personas de este mundo se unieran a meditar o a pedir a Dios «con todo su corazón y con toda su alma y con todas sus fuerzas» la salvación o elevación definitiva de este mundo?...

Al imaginar esa escena la emoción me puso la piel de gallina.

—El mundo se llenaría de vibraciones altísimas... Eso sería una especie de bomba energética... —dije.

—Correcto, Luc; una bomba que, de alcanzar la potencia necesaria, eliminaría de la faz de la Tierra a todas las entidades negativas, esas que incitan a los hombres a la maldad en todos los aspectos de la vida...

Medité largo rato en sus palabras antes de emitir cualquier opinión, porque el asunto no era para tomarlo a la ligera. Elina me estaba hablando nada menos que de la salvación definitiva de la humanidad.

—De eso se trata, Luc, del paso de esta humanidad a un sistema superior de vida.

—Y de un momento a otro, «como un ladrón en la noche» –manifesté.

—Si la energía es la suficiente, sí, Luc, de un momento a otro, por eso te hablé del Gran Salto, una especie de salto cuántico, súbito, y eso lo comprendiste bien. Para ayudar a esa labor estamos aquí, y no sólo tú y yo, también una multitud de servidores del Amor en todo el mundo. Ellos ya están trabajando en muchos frentes y desde hace bastante tiempo, ayudando a preparar la labor.

—¿Y si el objetivo se logra, aquellos que estaban en «cuarto grado» pasarán súbitamente a «sexto»?

—Así es, Luc, será un salto colectivo hacia un nivel de consciencia de armonización con la Fuerza Amor.

—¿Y qué pasará con quienes ya estaban en «sexto»?

—Podrán elevarse aún más, tendrán más fuerza interior, trabajarán mejor y serán más felices.

Un pequeño rebaño de cabras vino a abrevar a pocos metros de distancia de nosotros. Eran conducidas por un altísimo y delgado joven de raza negra vestido a la usanza de su tribu, con telas de color granate. Traía un largo cayado de pastor en su mano. Por las películas que he visto reconocí que era un watusi. Lo seguía un perro amarillento que meneaba la cola. Al vernos se encaminaron hacia nosotros sin el menor signo de hostilidad, al contrario. Al llegar, mostrando una sonrisa de dientes blanquísimos, el joven saludó en su idioma, desconocido para mí, pero dentro de mi cabeza comprendí claramente que nos deseaba un buen día, que su nombre era Umbé, que el de su perro era Zorro, y que nos ofrecía su ayuda si nos era necesaria.

Me alegré al pensar en mis progresos telepáticos, y también me emocionó la consideración de aquel hombre hacia su animal. Nos lo había presentado como si fuese una persona. El diálogo entre Elina y el joven se desarrolló en aquel idioma, que ella dominaba muy bien, claro, porque lo sabía todo; pero reproduciré su contenido:

—Estamos muy agradecidos, Umbé. Mi nombre es Elina y el de mi esposo es Lucas.

Me sentí muy orgulloso al verme tratado así por ella. De pronto, mientras miraba a mi compañera con intensidad, el hombre pareció asustarse o emocionarse de una forma muy extraña. Pensé que la reconocía de algún modo. Un poco después se postró de rodillas inclinándose hasta el suelo y dijo:

—Mis humildes respetos a la madrecita Asuma, y mi agradecimiento a la diosa por dignarse a presentarse ante este imperfecto mortal.

Luego se puso de pie, pero de ahí en adelante no se atrevió a mirarnos a los ojos, permaneciendo en una actitud sumisa frente a nosotros.

—¿Por que te considera una diosa, Elina?

—Porque como te dije, este rinconcito me gustaba tanto que solía venir a menudo, y aunque no podía venir en mi cuerpo material, este joven lograba verme, porque tiene facultades psíquicas superiores. Me considera su diosa, me llama su madrecita Asuma y me tiene una veneración muy especial. Él es la reencarnación de un ser que en aquella civilización anterior me amaba mucho y también me decía madrecita. Es la misma alma.

El muchacho estaba realmente conmovido. Al fin pudo dirigirse a ella:

—Sus ojos no tienen ahora el color de las aguas, amada diosa...

Me pregunté cómo iba a salir de ese lío Elina, pero ella simplemente recurrió a contarle toda la verdad:

—Ya no soy una diosa, Umbé; Dios ha querido convertirme en un ser humano igual que tú, por eso mis ojos ya no tienen el color de las aguas.

Se puso visiblemente contento.

—Ah... oh... eso es muy bueno, madrecita Asuma... Eso quiere decir que muy pronto sucederán cosas muy hermosas, porque cuando un dios desciende al mundo tiene que ser para algo muy bonito...

Ella se acercó hacia él y le tomó las manos con gran afecto. Umbé se emocionó más aún y no pudo evitar abrazarla, luego se echó a llorar dulcemente. Elina, emocionada también, sólo trataba de reconfortarlo acariciándolo como si fuera un niño.

—Eres muy bueno, Umbé.

—No, no, amada Asuma, no soy bueno, sólo Dios y los seres como tú lo son... Muchas gracias por venir a mi vida, madrecita Asuma.

—Tú te lo mereces, Umbe.

Un poco después el espigado joven se separó de ella. Parecía confuso.

—¿Y mis plegarias y bendiciones... quién las escuchará ahora, Asuma?

Nuevamente me pregunté cómo se las arreglaría ella, y de nuevo dijo toda la verdad.

—Yo te escucharé, Umbé, porque aunque soy humana, tengo todavía algunas capacidades divinas.

Y de pronto se fue transfigurando, comenzó a brillar como si fuera oro refulgente, como si se hubiese transformado en una verdadera divinidad, elevándose a medio metro de altura por encima del terreno. Umbé cayó otra vez de rodillas. Zorro, el perro, también lo hizo de alguna manera, porque se echó, apuntando sus patas delanteras hacia la resplandeciente diosa, agachando su cabeza mientras emitía leves sollozos. Yo mismo me sentí tan arrobado que hubiera querido inclinarme ante ella igual que los otros dos, aunque sin saber si me correspondería hacer algo así. Por fortuna, su transfiguración no duró más de unos segundos y Elina volvió a su normalidad. Mis ojos estaban húmedos.

—Puedes ponerte de pie, Umbé.

El muchacho así lo hizo, también Zorro, que se acercó hacia ella moviendo la cola, intentando lamerle los pies.

Umbé estaba muy feliz.

—Gracias, madrecita Asuma, entonces seguiré poniéndote flores en el altar que te hice en mi choza.

Un pequeño ramillete apareció en las manos de Elina. El joven quedó maravillado.

—Me las llevaré conmigo a donde vaya, Umbé. Estas flores jamás se marchitarán mientras tú me ames, y yo te consideraré siempre como si fueras mi hijo amado, pero lo único que te pido es que por amarme a mí no te olvides de amar a Dios, que es el Creador tuyo y mío, y tampoco a tus hermanos, los demás seres humanos, porque ellos son una representación de Dios en tu vida.

Se abrazaron entre lágrimas y así permanecieron durante un buen rato. Todo ello hizo que mis ojos se humedecieran de nuevo y que mi piel se erizara.

Cuando Umbé, Zorro y las cabras se marcharon, Elina sopló sobre las flores que tenía entre sus manos y éstas desaparecieron.

—Ahora están en una dimensión en donde no envejecerán, y cuando tengamos nuestro hogar las recuperaré para que perfumen nuestros días —me explicó contenta.

Me pareció perfecto, porque yo también le había tomado un afecto muy especial a Umbé y también a Zorro, a pesar del escasísimo tiempo transcurrido, pero Elina había mencionado además algo que encendió mi corazón: «nuestro hogar», algo que todavía no existía, y sólo quise saber si habría alguna manera de quedarnos a vivir para siempre en aquel rinconcito de ensueño, que cada vez me gustaba más, porque el continente, mi antiguo trabajo, todo eso no tenía ningún sentido ya para mí, y la isla Sands, con la princesa de las aguas ahora a mi lado, ya no tenía el mismo misterioso encanto de antes. Era mejor un lugar que no me recordase a Bárbara de ninguna manera, algo nuevo y virginal.

—¿No es posible entonces que podamos vivir aquí, Elina? ¿No podemos hacer nuestra labor desde lo alto de aquel árbol? —señalé hacia uno que se empinaba sobre la cascada y que me pareció perfecto— ... Ah, no, desde aquí no tendríamos acceso al mundo, y nuestra labor debe ser en el mundo...

—Sí que tendríamos acceso al mundo –dijo ella, observándome con una mirada que anunciaba paraísos.

—¿Es... es posible tanta maravilla?...

—Cierra los ojos.

Lleno de esperanzas lo hice. Con Elina a mi lado cualquier cosa era posible.

—Ábrelos ahora.

Aparecimos en el interior de una casita hecha de delgadas y lustrosas cañas. Por sus ventanas abiertas se divisaba el espléndido verdor de una selva; más allá, a lo lejos, unas montañas. Lo único que había allí dentro era una hamaca colgada, una mesa y algunas sillas rústicas. Sobre la mesa se encontraba un modernísimo ordenador portátil igual al que yo quería comprarme, cosa que no había hecho por ser demasiado caro, un teléfono móvil y las flores de Umbé dentro de un jarroncito.

—¿Qué es esto? ¿Dónde estamos?

—Mira por la ventana.

Al hacerlo comprendí que lo que sospechaba, aunque sin atreverme a darlo por sentado, era una realidad, que estábamos en la casita de mis sueños. La cascada entregaba su suave rumor allá abajo... Pude ver a Umbé y sus animales en la distancia, caminando por entre unos campos de labranza, dirigiéndose hacia una casa humilde con su cayado en la mano. Me pareció ver el aura de la felicidad rodeándolo. Un poco más lejos divisé otras casas y más watusis trabajando la tierra.

—El actual jefe de esa tribu fue mi padre en su vida anterior, Luc, y Umbé era su canciller, y ahora es algo parecido. Los seres que se aman siempre desean estar cerca, por eso yo también quisiera quedarme por aquí y abrazar a mi padre... —dijo emocionada, haciendo erizar mi espalda.

Nos abrazamos largamente, llenos de felicidad.

Después de un rato le pregunté:

—¿Y cómo podremos comunicarnos con el mundo desde aquí? ¿Ese móvil funciona en esta lejana selva?

—Ese teléfono no es nóvil, sino vía satélite, profesor, y si se conecta al ordenador mediante este cablecito, éste queda conectado a todo el mundo, y por lo tanto a Internet, y así podremos escribir nuestros asuntos y estar en contacto con editoriales y periódicos del mundo. Y en el tiempo libre nos dedicaremos a ir decorando nuestro hogar. ¿Qué te parece?

Aquello era demasiado para mí.

—¿No estoy soñando?

—No, Luc, y no pienses que aquí estaremos aislados. Si necesitamos comprar algo... Extendió sus manos y materializó un paso dimensional frente a nosotros, dentro de la casita, allí fueron apareciendo imágenes del centro de diferentes ciudades que ella iba nombrando:

—Nueva York, San Francisco, París, México, Sydney... ¿Tienes hambre? Me di cuenta de que sí, y mucha.

—Entonces esta noche te invito a cenar sushi en ese bonito restaurante de Tokio que ves allí, y después regresaremos a nuestra amada casita aquí en África.

Me puse a reír lleno de alegría, todo aquello era sencillamente prodigioso. La abracé con todo mi amor y ella me dio mil besos.

Mientras cambiaba la imagen de la pantalla, que ahora mostraba el portón de entrada a la reserva, en donde amanecía, me preguntó con entusiasmo:

—¿No te gustaría ir a Sands a despedirte del abuelo de Musco?

—¡Sí, por supuesto!... Pero si él te ve te puede reconocer...

—No hay problema, Luc. Yo también le tengo cariño a él, y quiero hacerle un regalo, debo hacérselo —dijo, llevándome hacia el paso abierto ante nosotros.

Dimos unas palmadas en la entrada. Pronto apareció Catú.

Como jamás llevé a Bárbara a mis rincones sagrados, él nunca la conoció, aunque sabía que yo estaba casado, por eso le dije:

—Vengo a despedirme, viejo querido. Un imprevisto hace que no pueda quedarme por más tiempo en la isla esta vez, pero más adelante volveré; siempre volveré. Te presento a mi esposa, Elina.

El anciano se estremeció al verla, mientras ella le sonreía con toda su alma.

—Mucho gusto de conocerla... —dijo, taladrándola con la mirada. Ella se acercó y le dio un beso en la cara. Ante la energía de ese beso, él pareció encenderse de algo así como alegría, pero sin sonreír, porque eso era algo que él no había podido hacer desde que se encontró con la Dama de las Aguas.

—Tienes mucha suerte, Lucas, mucha suerte... —manifestó con una satisfacción sincera—... Cuánto cambio en una sola noche —agregó, rascándose la cabeza, como si estuviese muy extrañado.

—Así es la vida, Catú, siempre nos da sorpresas. Bien, dale un abrazo de mi parte a Musco.

Entonces recordé que a esas horas su perdido hijo ya habría sido encontrado por la policía.

—Ah, pronto vas a recibir un lindo regalo. Hasta luego.

El color de las aguas

—¿Otro más? Como si ese beso no lo hubiera sido...

—Muchas gracias —le dijo Elina mirándolo con simpatía.

—¿No habéis venido en coche?

—No, Catú, hemos venido caminando y así nos volveremos. Adiós.

—Adiós, muchachos, que seáis felices.

Se quedó parado observándonos muy pensativo mientras nos alejábamos por el camino. Tras el primer recodo, ella nos transportaría hasta el restaurante de Tokio.

Mientras nos veía desde la distancia, Catú parecía ir comprendiendo muchas cosas, por ejemplo que ese beso había traído alegría por primera vez en muchísimos años a su acongojada alma. Pasó su dedo por la arruga de la tristeza en su cara y no la sintió. Una sonrisa se le fue dibujando en el rostro, iluminándolo con el brillo de la dicha. Fue entonces cuando lo comprendió todo. Sin dejar de sonreír, llamó a uno de sus nietos.

—Por favor, ve a mirar la laguna del cráter. Quiero que me digas cuál es el color de las aguas...

El muchacho obedeció, salió corriendo lleno de sorpresa y alegría mientras gritaba contento:

—»¡El abuelo está sonriendo; el abuelo está sonriendo!».

Esa noche, de regreso en nuestra casita del árbol, antes de irnos a la hamaca y mientras estrechaba a Elina entre mis brazos, recordé algo.

—No nos hemos casado aún...

Se separó de mí un poco para mirarme a los ojos.

—Nosotros estamos casados desde hace mucho, mucho tiempo, Lucas.

Algo me hizo comprender que así era efectivamente; que ella era el amor de todas mis vidas.

El color de las
aguas

Índice